अल्बैर कामू

अल्बैर कामू का जन्म 7 नवम्बर, 1913 को फ्रांस के तत्कालीन उपनिवेश अल्जीरिया (अफ्रीका) के मोन्दोवी शहर में हुआ था। बचपन गरीबी में बीता। दर्शनशास्त्र में उच्च शिक्षा हासिल की। कुछ समय के लिए अल्जीरिया की कम्युनिस्ट पार्टी से जुड़े। किशोरावस्था से ही तपेदिक की चपेट में रहे। आजीविका के लिए तरह-तरह का काम किया। 1943 में पेरिस चले गए। विश्वयुद्धों के दौरान फ्रांस पर जर्मन कब्जे के खिलाफ 'काम्बेट' नामक पत्र निकाला। कुछ पत्रों का सम्पादन भी किया। यूनानी दर्शन, ईसाइयत तथा अल्जीरिया और यूरोप की संस्कृति से गहरे प्रभावित रहे। अपने लेखन में अधर्म, नास्तिकता, मृत्यु और मानवीय कष्टों का अपूर्व चित्रण किया।

उन्हें 1957 में साहित्य का *नोबेल पुरस्कार* प्रदान किया गया।

उनकी प्रमुख कृतियाँ हैं—'प्लेग', 'पतन', 'अजनबी', 'सुखी मृत्यु', 'पहला आदमी' (उपन्यास); 'निर्वासन और आधिपत्य' (कहानी-संग्रह); 'कालिगुला', 'न्यायप्रिय', 'अर्थदोष' (नाटक); 'सही पक्ष और गलत पक्ष', 'सिसिफ़स का मिथक', 'विद्रोह' (निबन्ध)।

4 जनवरी, 1960 को विलेब्लेविन (फ्रांस) में कार दुर्घटना में उनका निधन हो गया।

राजेन्द्र यादव

राजेन्द्र यादव का जन्म 28 अगस्त, 1929 को आगरा में हुआ। उन्होंने आगरा विश्वविद्यालय से एम.ए. (हिन्दी) किया। उनकी प्रमुख कृतियाँ हैं—'जहाँ लक्ष्मी कैद है', 'छोटे-छोटे ताजमहल', 'अनदेखे अनजाने पुल', (कहानी-संग्रह); 'सारा आकाश', 'उखड़े हुए लोग' (उपन्यास); 'एक दुनिया : समानान्तर', 'कथा जगत की बाग़ी मुस्लिम औरतें', 'वक़्त है एक ब्रेक का' (सम्पादन); 'औरों के बहाने' (व्यक्ति-चित्र); 'मुड़-मुड़के देखता हूँ...' (आत्मकथा); 'राजेन्द्र यादव रचनावली' (15 खंड)। अगस्त, 1986 से 27 अक्टूबर, 2013 तक प्रेमचन्द द्वारा स्थापित कथा-मासिक 'हंस' का सम्पादन किया। चेख़व, तुर्गनेव, कामू आदि लेखकों की कई कालजयी कृतियों का अनुवाद किया।

28 अक्टूबर, 2013 को उनका निधन हो गया।

राजकमल से प्रकाशित
लेखक की किताबें

उपन्यास

अजनबी
प्लेग
पतन
सुखी मृत्यु
पहला आदमी

कहानी

निर्वासन और आधिपत्य

नाटक

अर्थदोष
कालिगुला
न्यायप्रिय

अजनबी

अल्बैर कामू

अनुवाद

राजेन्द्र यादव

राजकमल पेपरबैक्स

यह उपन्यास सर्वप्रथम फ्रेंच में L'Etranger नाम से 1942 में प्रकाशित हुआ

राजकमल पेपरबैक्स में
पहला संस्करण : 2023
दूसरा संस्करण : 2024

राजकमल पेपरबैक्स : उत्कृष्ट साहित्य के जनसुलभ संस्करण

राजकमल प्रकाशन प्रा. लि.
1-बी, नेताजी सुभाष मार्ग, दरियागंज
नई दिल्ली-110 002
द्वारा प्रकाशित

शाखाएँ : अशोक राजपथ, साइंस कॉलेज के सामने, पटना-800 006
पहली मंजिल, दरबारी बिल्डिंग, महात्मा गांधी मार्ग, प्रयागराज-211 001
1, अनमोल सोराबजी संतुक लेन, धोबी तलाव, मरीन लाइंस, मुम्बई-400 002

वेबसाइट : www.rajkamalprakashan.com
ई-मेल : info@rajkamalprakashan.com

विकास कम्प्यूटर एंड प्रिंटर्स
ट्रॉनिका सिटी-201 102
द्वारा मुद्रित

मूल्य : ₹199

AJNABI
Novel by Albert Camus
Translated by Rajender Yadav

ISBN : 978-81-19835-77-5

पहला भाग

एक

आज माँ की मृत्यु हो गई। हो सकता है, कल हुई हो—ठीक-ठीक नहीं बता सकता। 'आश्रम' से आए तार में बस इतना ही लिखा है, "तुम्हारी माँ का स्वर्गवास हो गया। अन्त्येष्टि कल है। हार्दिक संवेदना।" इस मज़मून में तो काफी गुंजाइश है। हो सकता है, मृत्यु कल ही हुई हो।

मारेंगो का वृद्धाश्रम अल्जीयर्स नगर से कोई पचासेक मील दूर है। दो बजे की बस लूँ तो दिन छिपे से काफी पहले पहुँच लूँगा। शव के सिरहाने 'रतजगा' की प्रथा निभाकर कल शाम तक आसानी से लौटा भी जा सकेगा। अपने साहब से दो दिन की छुट्टी माँग ली है। ऐसे मौके पर वे मना भी कैसे करते? फिर भी जाने क्यों, मुझे लगा जैसे वे कुछ झुँझला उठे। मैं बिना सोचे ही बोल पड़ा—"माफ कीजिए साहब, इसमें देखिए, मेरा तो कोई कसूर नहीं..."

बाद में खयाल आया कि यह सब मुझे नहीं कहना था। मुझे माफी माँगने की क्या ज़रूरत थी? यह तो खुद उन्हें ही चाहिए था कि हमदर्दी जताते या ऐसी ही कोई औपचारिक बात कहते। परसों गमी के कपड़ों

में देखकर, शायद ऐसा कुछ कहें। फिलहाल तो लगता ही नहीं कि माँ नहीं रहीं। अन्त्येष्टि से पक्का हो जाएगा—कहिए, बाकायदा सरकारी मुहर लग जाएगी।

मैंने दो बजे की बस ली। चिलचिलाती गर्म दोपहर का समय था। रोज की तरह आज भी मैंने सेलेस्ते के रेस्त्राँ में खाना खाया था। आज सब कोई बेहद मेहरबान थे। सेलेस्ते बोला, "माँ की बराबरी कोई नहीं कर सकता।" जब मैं बाहर आया तो सब के सब मुझे दरवाज़े तक छोड़ने आए। आते-आते तो एकदम हड़बड़ी-सी मच गई। ऐन मौके पर मुझे काली टाई और बाँह पर बाँधने का काला मुहर्रमी पट्टा लाने के लिए इमानुएल के यहाँ भागना पड़ा। उसके चाचा भी कुछ ही महीने पहले गुज़रे थे, सो उसके पास यह सब था।

बस दौड़ते-दौड़ते पकड़ी। सड़क और आसमान का दौड़ता चौंधा, पैट्रोल का बदबूदार धुआँ और रास्ते के झटके और फिर ऊपर से, वह भाग-दौड़—शायद इसीलिए मैं बैठते ही ऊँघने लगा। बहरहाल, ज़्यादातर रास्ता सोते-सोते कटा। आँखें खुलीं तो देखा, एक सिपाही पर लदा हूँ। उसने बत्तीसी चमकाकर पूछा, क्या मैं दूर से बस में बैठा आ रहा हूँ? बात करने को मेरा मन नहीं था। इसलिए सिर्फ सिर हिलाकर बात खत्म कर दी।

गाँव से आश्रम की दूरी कोई मीलभर से ज़्यादा होगी। पैदल ही रास्ता तय किया। सीधे माँ को देखना चाहा तो चौकीदार बोला कि पहले वार्डन से मिलना होगा। वार्डन व्यस्त थे इसलिए थोड़ी राह देखनी पड़ी। जितनी देर मैं बैठा राह देखता रहा, चौकीदार मुझसे गप्पें लड़ाता रहा। फिर मुझे दफ्तर ले गया। वार्डन सफेद बालोंवाला ठिगना-सा आदमी था। कोट के काज में 'लीजन ऑफ ऑनर' का प्रतीक, छोटा-सा गुलाब, लगाए हुए

(यह पदक 1802 में नेपोलियन प्रथम ने फौजी या सामान्य जीवन में की गई महत्त्वपूर्ण सेवाओं के बदले चलाया था)। वार्डन अपनी नीली-नीली पनीली आँखों से मुझे देर तक देखता रहा। फिर हमने हाथ मिलाए। मेरे हाथ को वह इतनी देर हाथ में लिये रहा कि मुझे बेचैनी महसूस होने लगी। इसके बाद मेज पर रखे रजिस्टर को उलट-पलटकर बोला :

"मदाम म्योरसोल तीन साल पहले इस आश्रम में आई थीं। जीविका का उनका अपना कोई साधन नहीं था इसलिए उनका सारा भार आपके ही ऊपर था।"

मुझे ऐसा लगने लगा मानो वह मुझे किसी बात के लिए अपराधी ठहरा रहा हो, इसलिए मैंने सफाई देनी शुरू की तो उसने बीच में ही टोक दिया, "बेटा, तुम अपनी सफाई क्यों दे रहे हो? मैंने तो खुद उनका सारा पिछला रिकॉर्ड देखा है। तुम तो खुद इस स्थिति में नहीं थे कि ठीक से, माँ के भरण-पोषण का बोझ उठा सको। अपनी देख-भाल के लिए उन्हें हर वक्त एक आदमी की ज़रूरत थी। और मुझसे छिपा तो नहीं है कि तुम्हारी-जैसी नौकरी करनेवाले लड़के को तनखाह ही कितनी मिलती है? बहरहाल, आश्रम में वे काफी खुश ही थीं।"

मैंने कहा, "जी हाँ साहब, मेरा भी यही विश्वास है।"

इस पर वह बोला, "अपनी उम्र के कई लोगों से उनकी अच्छी पटती थी। लोग अपनी पीढ़ी वालों में ही ज़्यादा खुश रहते हैं। तुम तो खुद अभी काफी छोटे हो, उनके साथी की कमी थोड़े ही पूरी कर सकते थे।"

बात सही थी। जिन दिनों हम लोग साथ-साथ रहते थे, माँ मुझे बस देखती रहती थीं। बातचीत हम लोगों में शायद ही कभी हुई हो। आश्रम के पहले कुछ हफ्ते तो वे काफी रोईं-धोईं। लेकिन यह सब रोना-धोना मन न लगने के कारण था। दो-एक महीने बाद तो यह हालत हो गई कि

उनसे आश्रम छोड़ने के लिए कहो तो रोने लगें। यह भी उनको भयानक सजा देना था। यही कारण था कि पिछले साल उनसे बहुत ही कम मैं मिलने गया। दूसरे, वहाँ जाने का अर्थ यह भी था कि अपना एक रविवार बिगाड़ो...। बस तक जाने की तबालत उठाओ, टिकट खरीदो, सफर में दोनों तरफ से दो-दो घंटे बैठे-बैठे धूल फाँको...आने और जाने में पक्के दो-दो घंटे—खैर, इस सारे सिरदर्द का तो जिक्र ही छोड़िए...

मैंने ध्यान ही नहीं दिया कि वार्डन क्या बोले चला जा रहा है। आखिर में वह बोला, "अच्छा तो अब, मेरा खयाल है तुम माँ के दर्शन करोगे?"

मैंने कुछ जवाब नहीं दिया और उठ खड़ा हुआ। आगे-आगे वह दरवाजे की तरफ बढ़ा। जीना उतरते हुए उसने समझाया, "तुम्हारी माँ का शव मुर्दाघर में रखवा दिया है—जिससे दूसरे बूढ़ों का मन खराब न हो। मेरी मंशा समझे न? यहाँ तो हर वक्त कोई न कोई मरता ही रहता है। हर बार दो-तीन दिन इन लोगों की हालत खराब हो जाती है। यानी लामुहाला, हमारे नौकर-चाकरों को फालतू काम और फिजूल परेशानी..."

हमने एक खाली जगह पार की। यहाँ छोटे-छोटे दलों में बैठे बूढ़े आपस में बातें कर रहे थे। हमें आता देखकर चुप हो गए। हम आगे निकले तो पीछे से फिर बातचीत शुरू हो गई। उनके स्वर से मुझे पिंजड़े में बन्द पहाड़ी तोतों की याद आ गई—इन लोगों का स्वर अलबत्ता उतना तीखा नहीं था। एक छोटे और कम ऊँचे-से मकान के दरवाज़े के सामने आकर वार्डन खड़ा हो गया :

"तो मोशिए म्योरसोल, मैं यहीं से विदा लूँगा। किसी काम के लिए ज़रूरत हो तो दफ्तर में हूँ ही। अन्त्येष्टि कल सुबह करने का विचार है। तब तक तुम अपनी माँ के ताबूत के पास रतजगा भी कर लोगे।

तुम्हारा खुद का भी तो मन होगा ही। हाँ, एक बात और, तुम्हारी माँ के साथियों ने बताया है—उनकी कामना थी कि उन्हें चर्च के नियमों के अनुसार ही दफन किया जाए। यों मैंने इसकी सारी व्यवस्था कर दी है, लेकिन सोचा तुम्हें भी खबर दे दूँ..."

मैंने कहा, "शुक्रिया।" जहाँ तक मुझे अपनी माँ का पता है, वे खुल्लम-खुल्ला तो नास्तिक नहीं थीं, लेकिन इस धर्म-कर्म की तरफ उन्होंने अपने जीवन में कभी ध्यान नहीं दिया।

मैंने मुर्दाघर में कदम रखा। कमरा खूब रोशन और ऐसा साफ-स्वच्छ था कि कहीं एक दाग नजर नहीं आता था। दीवारें सफेदी से पुती थीं। एक काफी बड़ा रोशनदान था। फर्नीचर के नाम कुछ कुर्सियाँ और तिपाइयाँ पड़ी थीं। दो तिपाइयाँ कमरे के बीचोबीच खुली रखी थीं और उन पर ताबूत टिका था। ढक्कन ऊपर लगा था, लेकिन पेच बस जरा-जरा घुमाकर छोड़ दिए गए थे। निकल की पॉलिशवाले पेचों के सिरे, गहरे अखरोटी रंग के तख्ते के ऊपर निकले खड़े थे। एक अरब औरत—मुझे लगा नर्स—अर्थी के पास बैठी थी। वह नीला शमीज़ पहने थी। बालों पर शोख रंग का रूमाल बँधा था।

पीछे-पीछे ही चौकीदार भी आ पहुँचा। उसकी साँस फूली थी, जरूर दौड़ता-दौड़ता आया होगा। वह बोला, "अभी तो हमने ढक्कन यों ही रख दिया है। वार्डन साहब का हुकुम था कि आप आएँ तो माँ के दर्शन करने के लिए पेच खोल दूँ।"

वह ताबूत की ओर बढ़ा तो मैंने उसे रोक दिया—"नहीं, नहीं, तकलीफ करने की ज़रूरत नहीं।"

"ऐंऽऽ? क्या कहा?" अथाह आश्चर्य से उसके मुँह से निकला—"आप नहीं चाहते कि मैं..."

"नहीं..." मैंने जवाब दिया।

पेचकस तो उसने वापस जेब में रख लिया, लेकिन उसकी फटी-फटी आँखें मुझ पर टिकी रहीं। तब मुझे लगा कि यों मना नहीं करना चाहिए था। इस खयाल से मैं जरा-सा सकपकाया। कुछ पल मुझे देखते रहकर उसने पूछा, "क्यों?" स्वर में भर्त्सना नहीं, केवल जिज्ञासा थी।

"भई, इस क्यों का जवाब तो बड़ा मुश्किल है," मैंने कहा।

वह अपनी पकी-पकी मूँछों में बल देता रहा। फिर बिना मुझसे आँखें मिलाए, मुलायम स्वर में बोला, "अच्छा, अब मैं समझा।"

आदमी देखने में अच्छा लगता था—नीली-नीली आँखें और फूले लाल गाल। मेरे लिए उसने ताबूत के पास ही एक कुर्सी खींच दी और खुद ठीक उसके पीछे बैठ गया। नर्स उठकर दरवाज़े की तरफ जाने लगी। चौकीदार के पास से गुजरी तो वह मेरे कान में बुदबुदाकर बोला, "इस बिचारी को फोड़ा हो गया है।"

अब मैंने जरा और गौर से उसे देखा। आँखों के ठीक नीचे, सिर के चारों ओर पट्टी लपेटी हुई थी। नाक की उठान के आसपास का हिस्सा दबकर चपटा हो गया था और चेहरे पर उस सफेद आड़ी पट्टी के सिवा कुछ नहीं दिखता था।

उसके जाते ही चौकीदार भी उठ खड़ा हुआ, "अब आप यहाँ अकेले बैठें।"

पता नहीं, जवाब में मैंने जाने क्या इशारा किया कि बाहर जाने के बजाय वह मेरी कुर्सी के पीछे आकर खड़ा हो गया। इस कुलबुलाहट से मुझे बेचैनी होने लगी कि कोई मेरे पीठ पर जमा खड़ा है। दिन ढल रहा था और सारे कमरे में सुखद-सुकुमार धूप का ज्वार उमड़ पड़ा था। रोशनदान के शीशे पर दो ततैये भनन-भनन कर रहे थे। मैं ऐसा

उनींदा हो रहा था कि आँखें ही नहीं खुल रही थीं। बिना पीछे मुड़े ही मैंने चौकीदार से पूछा, "इस आश्रम में तुम्हें कितने दिन हो गए?" "पाँच साल" खट् से ऐसा बँधा-बँधाया उत्तर आया कि लगा मानो वह मेरे सवाल की राह ही देख रहा हो।

अब तो बस, उसकी मशीन ही चालू हो गई। दस साल पहले अगर कोई उसे बताता कि तुम्हारी जिन्दगी मारेंगो के आश्रम में चौकीदारी करते बीतेगी तो वह हरगिज-हरगिज विश्वास न करता। बताया, उम्र चौसठ साल है और रहनेवाला पैरिस का है।

जैसे ही उसने यह बताया तो मैं बिना सोचे-समझे बोल उठा, "अच्छा, तो तुम यहाँ के रहनेवाले नहीं हो?"

तब याद आया, वार्डन के पास ले जाने से पहले भी उसने माँ के बारे में कुछ बताया था। वह बोला, "इस प्रदेश की, खासकर इन निचले मैदानों की गर्मी ऐसी है कि माँ को जल्दी से जल्दी कब्र देना अच्छा है। पैरिस की बात और है। वहाँ तो तीन दिन, कभी-कभी तो चार-चार दिन शव को रख लेते हैं और कुछ नहीं बिगड़ता।" फिर वह बताता रहा कि अपनी जिन्दगी के सबसे अच्छे दिन उसने पैरिस में बिताए हैं, अब तो वे दिन भुलाए भी नहीं भूलते। कहने लगा, "और यहाँ तो समझिए, सारे काम आँधी की तरह होते हैं। अभी किसी के मरने की खबर सुनकर भी नहीं चुके कि लीजिए साहब, दफनाने के लिए खदेड़ दिए गए।"

"बस, बस," बीच में ही उसकी पत्नी बोल पड़ी, "इन बिचारों को ये सब बताने की तुम्हें क्या ज़रूरत?" झेंपकर बुड्ढा माफी माँगने लगा। मैंने कहा, "नहीं, नहीं। कोई बात नहीं।" मुझे सचमुच उसकी कही बातें बड़ी दिलचस्प लग रही थीं। मैंने इधर पहले ध्यान ही नहीं दिया था।

अब उसने फिर बताना शुरू कर दिया कि आश्रम में वह भी साधारण आश्रमवासी के रूप में ही आया था। चूंकि कद-काठी में अब भी भला-चंगा था, सो जब चौकीदारी की जगह खाली हुई तो अर्जी दे दी।

मैंने कहा, "तो क्या हुआ ? हो तो तुम अब भी दूसरे आश्रमवासियों की तरह ही।" मगर वह इस बात को मानने को तैयार नहीं था। अपने को वह कुछ 'अफसरनुमा' समझता था। खुद से कम उम्रवाले आश्रमवासियों की बात आती तो वह उनका जिक्र "वे लोग" या कमी-कभार "उन बूढ़ों के लिए" कहकर करता। उसकी इस आदत से पहले-पहल मैं चौंका भी था। खैर, अब उसका दृष्टिकोण मेरी समझ में आ गया। चौकीदार के रूप में ही सही, उसकी अपनी एक हैसियत और बाकी लोगों पर कुछ धाक तो थी ही।

तभी नर्स लौट आई। रात कुछ ऐसी तेजी से हुई कि लगा, रोशनदान के पार का आसमान अचानक काला पड़ गया। चौकीदार ने बत्तियाँ जला दीं। उनके चौंधे ने जरा देर के लिए मुझे एकदम अन्धा-सा बना दिया।

उसने सलाह दी कि मैं आश्रम के लंगर में चलकर भोजन कर लूँ। लेकिन मुझे भूख नहीं थी। इस पर उसने कहा, अगर मैं कहूँ तो वह मेरे लिए एक गिलास बिना दूध की कॉफी ले आए। काली कॉफी मेरा प्रिय पेय है सो कह दिया, "शुक्रिया।" कुछ मिनटों में वह एक ट्रे उठा लाया। कॉफी पीने के बाद मुझे सिगरेट की तलब लगी। लेकिन मन में धर्म-संकट था कि इस मौके पर, माँ की उपस्थिति में सिगरेट पियूँ या न पियूँ। जब एक बार फिर सोचा तो कोई खास हर्ज नहीं लगा। अत: एक सिगरेट मैंने चौकीदार को भी पेश की। हम दोनों सिगरेट पीते रहे।

थोड़ी देर बाद उसने फिर बातें करनी शुरू कर दीं।

"बात यह है कि शव के पास आपके साथ-साथ रतजगे के लिए आपकी माँ के और साथी-संगी भी आनेवाले है। जब किसी की मृत्यु हो जाती है तो हम लोग हमेशा यहाँ रतजगा करते हैं। अच्छा तो मैं जाकर, कुछ और कुर्सियाँ और बिना दूध की कॉफी का बर्तन ले आऊँ।"

सफेद-सफेद दीवारों पर पड़ती रोशनी की चमक मेरी आँखों में चुभ रही थी। मैंने पूछा, "इनमें से एक बत्ती बुझा दूँ ?" उसने बताया, "यह नहीं होगा। बत्तियाँ सब इस ढंग से लगाई गई हैं कि या तो सारी की सारी जलती हैं या सब बुझ जाती हैं।" इसके बाद मैंने इस तरफ ध्यान ही नहीं दिया। वह बाहर जाकर कुर्सियाँ ले आया। उन्हें ताबूत के चारों ओर लगाकर उसने एक कुर्सी पर कॉफी का पॉट और दस-बारह प्याले रख दिए। इसके बाद, ठीक मेरे सामने माँ के पास वह बैठ गया। नर्स कमरे के दूसरे कोने में मेरी ओर पीठ किए बैठी थी। कर क्या रही है यह तो नहीं दिखाई देता था, लेकिन उसकी बाँहों के हिलने के ढंग से अन्दाज लगा कि सलाइयों से कुछ बुन रही है। मुझे बड़ा आराम मिल रहा था। कॉफी ने तन-मन में सुखद ऊष्मा भर दी थी। खुले दरवाज़े से फूलों की भीनी-भीनी गन्ध और रात की ठंडी-ठंडी हवा के झोंके आ रहे थे। शायद कुछ पल के लिए मेरी आँखें भी झपक गईं।

अजब-सी सरसराहट की आवाज कानों में पड़ी तो जागा। बन्द ही बन्द आँखों में मुझे लगा मानो रोशनी पहले से भी ज़्यादा तीखी हो गई है; किसी परछाईं का कहीं नामो-निशान नहीं है और हर चीज का एक-एक कोण और कटाव निर्ममता से आखों में नक्श हुआ जा रहा है। माँ के संगी-साथी बूढ़े-बूढ़ियाँ आने लगे थे। उस मनहूस चौंधा मारती सफेदी से तिरछे होकर गुजरते हुए उन्हें मैंने गिना—एक...दो...तीन... दस। उन लोगों के बैठने पर एक कुर्सी तक के चरमराने का स्वर नहीं

सुनाई दिया। उस दिन, उन लोगों को मैंने जितना साफ-साफ देखा, शायद जिन्दगी में कभी किसी चीज को उतना साफ नहीं देखा—उनके चेहरे-मुहरे, कपड़े-लत्ते—एक तिनका भी मेरी आँखों से नहीं छूटा। और फिर भी मजा यह कि मुझे उनकी एक भी बात, एक भी आवाज नहीं सुनाई देती थी। मैं विश्वास ही नहीं कर पा रहा था कि वे सचमुच हैं भी या नहीं।

लगभग सभी महिलाओं ने सामने एप्रन बाँध रखे थे। सुतलियाँ ऐसे कसकर कमर में बँधी थीं कि उनके बड़े-बड़े पेट और भी बाहर निकल आए थे। कितने बड़े-बड़े होते हैं इन औरतों के पेट इस तरफ कभी मैंने गौर ही नहीं किया था। हाँ तो, अधिकांशत: पुरुष अफीमचियों और व्यभिचारियों जैसे सूखे-मरियल थे और हाथों में छड़ियाँ लिये थे। उनके चेहरे की सबसे खास बात मुझे यह लगी कि उनकी आँखें दिखाई ही नहीं देती थीं। झुर्रियों के झुरमुट में बस एक निस्तेज और निर्जीव रोशनी-भर नजर आती थी।

बैठ चुकने के बाद, उन लोगों ने मुझे देखना शुरू कर दिया। कुत्ते की दुम की तरह उनकी गरदनें भद्दी तरह थर-थर करती थीं और अपने दन्तहीन मसूड़ों से वे बैठे-बैठे होंठ निचोड़ जा रहे थे। मैं तय नहीं कर पा रहा था कि मुझे पहली बार देखकर ये लोग मेरे स्वागत में कुछ कहना चाहते हैं या उनकी यह हरकत सिर्फ बुढ़ापे की कमजोरी के कारण है। मैं तो यह भी मान लेने को तैयार था कि वे लोग अपने-अपने ढंग से मेरा स्वागत ही कर रहे हैं, मगर चौकीदार को घेरकर उनका यों बैठना, संजीदगी से मुझे घूरे जाना, और सिर मटकाना देखकर मन में बड़ा अजब-अजब लगता था। पल-भर को दिमाग में एक बेतुकी-सी बात आई—मानो ये सब के सब मेरा इन्साफ करने बैठे हैं।

कुछ मिनट बाद, औरतों में से एक ने रोना शुरू कर दिया। वह दूसरी लाइन में थी और उसके आगे एक और औरत पड़ती थी, इसलिए मुझे उसका चेहरा नहीं दिखाई दिया। ठीक समय पर उसके मुँह से रुक-रुककर घुटी-घुटी हल्की-सी सिसकी निकलती थी। लगता था जैसे ये सिसकियाँ कभी बन्द ही नहीं होंगी। दूसरों को जैसे इस बात की कोई फिक्र ही नहीं थी। सब के सब अपनी-अपनी कुर्सियों में दबे-सिमटे गुमसुम बैठे थे और ताबूत, या अपनी-अपनी छड़ियों या जो भी चीज सामने पड़ती थी बस, उसे ही एकटक देखे जा रहे थे। औरत का रोना जारी रहा। मुझे बड़ा आश्चर्य भी हुआ, इस औरत को तो मैं जानता तक नहीं। मन में आया कि चुप करा दूँ, लेकिन उससे बोलने की हिम्मत नहीं पड़ी। कुछ देर बाद चौकीदार ने उसके ऊपर झुककर कान में कुछ फुसफुस किया। जवाब में औरत ने केवल सिर झटका और मुँह ही मुँह मैं कुछ बोली—जो सुनाई नहीं दिया। लेकिन रोना अपनी उसी गति से चलता रहा।

चौकीदार उठकर अपनी कुर्सी को मेरे बराबर सरका लाया। पहले तो वह चुपचाप बैठा रहा फिर बिना मेरी ओर देखे बताने लगा, "इसका आपकी माँ से बड़ा प्रेम था। कहती है, दुनिया में अकेली आपकी माँ ही इसकी सगी थी। अब कोई भी नहीं रहा।"

मैं क्या कहता? इसके बाद काफी देर सन्नाटा छाया रहा। अब उस औरत का रोना-सुबकना काफी कम हो गया था। कुछ देर नाक छिनकने और सूँ-सूँ करने के बाद अब वह भी शान्त हो गई।

नींद तो नहीं, हाँ, थकान जबर्दस्त महसूस हो रही थी। टाँगें बुरी तरह दुख रही थीं। मुझे कुछ ऐसी अनुभूति हो रही थी मानो इन लोगों की चुप्पी मुझे पीसे डाल रही है। एकदम सन्नाटा था और अगर कुछ

सुनाई देती थी तो काफी देर रुक-रुककर आती एक अजीब-सी आवाज। पहले तो मैं चकराया कि यह कैसी आवाज है, लेकिन ध्यान से सुना तो समझ में आ गया। बैठे-बैठे बुड्ढे अपने थुल-थुल गाल चूसते थे और इससे वे चुसुर-चुसुर की अजब-अजब आवाज़ें होती थीं जिनसे मैं पहले-पहल डर गया था। सब के सब अपने-आप में ही ऐसे डूबे थे कि शायद उन्हें इस बात का ध्यान तक नहीं था कि वे ऐसा कुछ कर भी रहे हैं। मुझे तो लगा कि बीचोबीच रखे शव का भी उनके लिए कोई अर्थ नहीं है, लेकिन अब सोचता हूँ, वह मेरा भ्रम था।

चौकीदार ने एक-एक करके हम सबको कॉफी दी तो हमने कॉफी पी। इसके बाद क्या-क्या हुआ मुझे याद नहीं आता। जैसे-तैसे रात गुजर गई। बस, एक ही बात का खयाल है। बीच में आँखें खुलीं तो देखा एक को छोड़कर बाकी सारे के सारे बुड्ढे अपनी कुर्सियों में गुड़ी-मुड़ी होकर सो गए हैं। वह अकेला बुड्ढा अपनी छड़ी को दोनों हाथों में जकड़े, उन पर अपनी ठुड्डी टिकाए मुझे लगातार यों घूरे जा रहा था मानो मेरे जागने की ही राह देख रहा हो। पर फिर मुझे फौरन ही दुबारा झपकी आ गई। कुछ देर बाद एक बार फिर नींद टूटी। टांगों का दर्द बढ़कर अब पाँव-सोने जैसी चुनचुनाहट पैदा करने लगा था।

ऊपर रोशनदान के पार पौ-फटे का उजाला फैलने लगा। दो-एक मिनट बाद एक और बूढ़े की भी आँखें खुल गईं और उसने 'खो-खो' करके बार-बार खाँसना शुरू कर दिया। चारखाने के बड़े-से रूमाल में वह खँखार थूक लेता था। और उसके इस तरह हर बार थूकने के साथ ही लगता मानो इसने अब कै की। इस खाँसी-थूक से औरों की भी नींद खुल गई। चौकीदार ने आकर सूचना दी कि चलने का समय हो गया। रातभर के कष्टप्रद रतजगे के बाद सबके चेहरे भूरी राख-से बुझे-बुझे हो

गए थे। यों तो हमने आपस में एक भी बात नहीं की थी, लेकिन जब एक-एक करके सबने मुझसे हाथ मिलाए तो एक बात से बड़ा आश्चर्य हुआ। लगा, मानो सारी रात साथ बैठकर काटने की इस क्रिया ने हम लोगों के बीच एक निकटता और आत्मीयता का भाव जगा दिया है।

मेरा तो बुरा हाल था। चौकीदार मुझे अपने कमरे में ले आया। यहाँ मैंने हाथ-मुँह धोकर जरा कपड़े-वपड़े ठीक-ठाक किए, उसकी दी हुई थोड़ी-सी सफेद कॉफी पीकर लगा, जान में जान आई। बाहर आया तो देखा कि सूरज चढ़ आया है और मारेंगो और समुद्र के बीच की पहाड़ियों के ऊपर आकाश में सिन्दूर बिखरा है। भोर की ठंडी-ठंडी खारी गन्धवाली सुहानी हवा से लगता था कि आज का दिन काफी अच्छा होगा। गाँव और खेतों की ओर आए तो मुझे युगों हो गए। सोचने लगा कि माँ का झमेला न होता तो इस समय यहाँ घूमने में कैसा मजा आता। इस विचार के साथ ही परिस्थिति का ज्ञान हो आया।

खैर, इस समय तो मैं खुले चौक में, एक सामान्य पेड़ के नीचे खड़ा-खड़ा प्रतीक्षा कर रहा था। ठंडी-ठंडी धरती से निकलती सोंधी-सोंधी गन्ध को लम्बी-लम्बी साँसों से पीते हुए लगा कि अब उनींदेपन का नामो-निशान नहीं है। अब, मैंने दफ्तर के लोगों के बारे में सोचना शुरू कर दिया। इस वक्त तो लोग सो-सोकर उठे होंगे और काम पर जाने की तैयारियाँ कर रहे होंगे। मेरे लिए यह क्षण दिन का सबसे बुरा समय होता है। दस-बारह मिनट मैं यों सोचता रहा कि बिल्डिंग के भीतर बजती घंटी से ध्यान टूटा। खिड़कियों से लोग चलते-फिरते दिखाई दिए। लेकिन इसके तुरन्त बाद ही फिर शान्ति छा गई। सूरज कुछ और चढ़ आया था और मेरे तलुए गरम होने लगे थे। चौकीदार खुला चौक पार करके पास आया और बोला, "वार्डन साहब आपसे मिलना चाहते हैं।"

मैं दफ्तर में गया तो वार्डन ने कुछ और कागजों पर दस्तखत लिए। देखा, अब उसके कपड़े काले रंग के थे। पतलून का कपड़ा महीन धारियों का था। टेलीफोन का चोंगा हाथ में लिये हुए उसने मेरी तरफ देखा, "अभी-अभी अंडरटेकर (संस्कार-व्यवस्थापक) के लोग आ गए हैं। ताबूत बन्द करने के लिए मुर्दाघर जानेवाले हैं—तुम कहो तो उन्हें जरा देर रोक दूँ? माँ के अन्तिम दर्शन तो करोगे न?"

"जी नहीं।"

आवाज धीमी करके उसने चोंगे में कहा—"तब ठीक है फिगिये, तुम आदमियों को सीधे वहाँ भेज दो।"

फिर उसने बताया कि अन्त्येष्टि के समय वह भी उसमें रहेगा। मैंने धन्यवाद दिया। डेस्क के सामने बैठे-बैठे उसने अपनी टाँग पर टाँग रखी और पीठ पीछे टिका ली। कहा, ड्यूटीवाली नर्स के अलावा सोग मनानेवाले मैं और वह केवल दो ही जने होंगे। यह यहाँ का नियम है कि आश्रमवासी अन्त्येष्टि में शामिल न हों। हाँ, अगर उनमें से कुछ चाहें तो रतजगे के लिए पहली रात अर्थी के पास बैठ सकते हैं। इसमें कोई बात नहीं।

उसने समझाया, "यह इन्हीं लोगों की भलाई के लिए है—मानसिक कष्ट से बच जाते हैं। लेकिन इस बार मैंने तुम्हारी माँ के एक पुराने साथी को साथ चलने की अनुमति दे दी है। नाम है उनका तोमस पीरे", वार्डन के चेहरे पर हल्की मुस्कराहट आ गई, "यह प्रसंग भी एक तरह से बड़ा करुणाजनक है। तुम्हारी माँ और ये साहब बड़े अभिन्न जैसे हो गए थे। अपनी इस नई 'मंगेतर' के लिए दूसरे बूढ़े लोग पीरे को चिढ़ाया भी करते थे। पूछते— 'शादी कब कर रहे हो?' पीरे हँसकर उड़ा देते। सो एक तरह से यह यहाँ का स्थायी मजाक था। सोच ही

सकते हो, तुम्हारी माँ के न रहने से इनके दिल पर क्या गुजर रही होगी। मुझे खुद लगा, कि अन्त्येष्टि में शामिल होने की इनकी प्रार्थना को न मानना ज्यादती होगी। हाँ, डॉक्टर की सलाह मानकर मैंने पिछली रात इन्हें शव के पास रतजगा नहीं करने दिया था।"

कुछ देर बिना कुछ बोले-चाले हम लोग यों ही बैठे रहे। फिर वार्डन उठकर खिड़की के पास गया और बोला, "अरे, मारेंगो के पादरी साहब तो वो चले आ रहे। वक्त से कुछ पहले ही आ गए।" चर्च गाँव में है और वहाँ तक पहुँचते-पहुँचते एक-पौन घंटा लग जाएगा—यह बताकर वार्डन नीचे चला गया।

पादरी मुर्दाघर के सामने ही खड़ा प्रतीक्षा कर रहा था। साथ में दो 'सहायक' थे। एक के हाथ में धूपदान था। उसके ऊपर झुका-झुका पादरी उसे लटकानेवाली चाँदी की जंजीर ठीक कर रहा था। हमें देखा तो तनकर सीधा खड़ा हो गया। मुझसे 'बेटे-बेटे' कहकर दो-चार बातें कीं। फिर आगे-आगे मुर्दाघर में चल दिया।

घुसते ही मैंने देखा कि ताबूत के पीछे चार व्यक्ति काले कपड़े पहने खड़े हैं। पेच कसे जा चुके थे। ठीक उसी समय वार्डन को कहते सुना कि ताबूत ले चलने की गाड़ी आ गई है। पादरी ने प्रार्थनाएँ शुरू कर दीं। इसके बाद सब लोग चल पड़े। काले रंग की एक पट्टी को पकड़े-पकड़े वे चारों व्यक्ति ताबूत के पास आ गए। उनके पीछे-पीछे लाइन में पादरी, प्रार्थनाएँ गानेवाले लड़के और फिर मैं। दरवाज़े से लगी एक महिला खड़ी थी। इसे मैंने पहले नहीं देखा था। वार्डन ने उसे बताया, "यही मोशिये म्योरसोल हैं।" उसका नाम मेरे पल्ले नहीं पड़ा, लेकिन यह समझ गया कि इसी आश्रम की परिचारिका सिस्टर है। मेरे परिचय के साथ उसके लम्बे सूखे-से चेहरे पर मुस्कराहट

की एक रेखा तक नहीं झलकी। बस, वह जरा-सा सामने झुककर रह गई। ताबूत को गुजरने देने के लिए हम लोग दरवाज़े से हटकर खड़े हो गए; ताबूत निकल गया तो ले चलनेवालों के पीछे-पीछे हो लिये और लम्बा-सा गलियारा पार करके सामनेवाले फाटक पर आ गए। यहाँ ताबूत के लिए गाड़ी तैयार खड़ी थी। लम्बी चम-चम करती काली वार्निश-पुती इस गाड़ी को देखकर मुझे दफ्तर के कलमदान का धुँधला-सा ध्यान हो आया।

गाड़ी की बगल में ही अजीबोगरीब कपड़े पहने एक छोटा-सा व्यक्ति खड़ा था। बाद में जाना, ये साहब अन्त्येष्टि की देख-रेख करने के लिए हैं—एक तरह से पुरोहित ही समझो। उसके पास ही, बड़े लाचार और झेंपे-झेंपे-से दिखते मेरी माँ के खासुलखास मित्र महाशय पीरे खड़े थे। सिर पर फैल्ट हैट था, जिसकी टुपिया फिरनी के बर्तन-जैसी और किनारे बेहद चौड़े थे। जूतों पर हारमोनियम के पर्दे की ताल-लय दिखाती पतलून और चौड़े-चौड़े ऊँचे सफेद कॉलर पर निहायत पिद्दी-सी दीखती काली टाई। जैसे ही ताबूत दरवाज़े से बाहर निकला कि आपने झटके से टोप उतार लिया। पकौड़े-जैसी फूली फुंसियों-लदी नाक के नीचे होंठ फड़क रहे थे। लेकिन सबसे ज़्यादा ध्यान उनके कानों की ओर आकर्षित हुआ। कनपटियों कि जर्दी पर लाख के बुल्लों-जैसे दिखते बाहर को निकले लाल-लाल कान और उनके चारों ओर सिरों पर सफेद-सफेद रेशमी बालों के गुच्छों की गोट।

अंडरटेकर के सेवकों ने हाँककर हमें अपनी-अपनी जगह कर दिया अर्थात् गाड़ी के सामने पादरी और इधर-उधर काले कपड़े पहने चारों व्यक्ति और गाड़ी के पीछे-पीछे मैं और वार्डन। सबसे पीछे पीरे महाशय और नर्स।

धूप आसमान में लपट मारने लगी थी और झुलस तेजी से बढ़ रही थी। ताप की पहली लपटें तो अपनी पीठ पर मुझे ऐसी लगीं मानो गरम जीभ से कोई चाट रहा हो। काले सूट से तो हालत और भी खराब थी। न मालूम, रवाना होने में इतनी देर करने का क्या कारण था? पीरे महाशय ने अब फिर टोप उतारकर हाथ में ले लिया। वार्डन ने जब उनके बारे में और भी बताना शुरू किया तो मैं जरा उनकी ओर तिरछा मुड़-मुड़कर देखने लगा। याद है, वार्डन कहे जा रहा था कि साँझ के शीतल समय मेरी माँ और ये पीरे महाशय काफी दूर-दूर तक साथ टहलने जाया करते थे; कभी-कभी ये गाँव तक आ जाते। हाँ-हाँ, नर्स तो उनके साथ होती ही थी।

अब मैंने उस खुले वातावरण और ग्राम-प्रदेश की ओर निगाह डाली। देखा, मोरपंखी के पेड़ धरती की उठान के साथ नीचे से घने और दूर की ओर सँकरे होते क्षितिज-रेखा और पहाड़ियों की ओर चले गए हैं। तपी लाल धरती जगह-जगह घनी फैली हरियालियों से भरी है और यहाँ-वहाँ कोई मकान इक्का-दुक्का खड़ा है। तेज धूप में उसका एक-एक कोना और मोड़ का उभार साफ दीख रहा है। इस सारे दृश्य को देखकर माँ के मन की बात मेरी समझ में आने लगी। इन प्रदेशों में साँझ के समय जरूर ही निहायत मनहूस और नीरस किस्म की शान्ति छाई रहती होगी। इस समय सुबह की इस खुली साफ धूप में भी जब सब कुछ लू-लपट में दप्-दप् दमक रहा है तब भी तो इस खुले फैले प्रान्तर को देखकर ऐसा महसूस होता है मानो यहाँ कुछ अमानवीय है, कुछ है जो मन को बुझा देता है।

आखिरकार काफिला चला। तब पहली बार मैंने देखा कि पीरे थोड़ा पाँव लचकाकर चलते हैं। गाड़ी की चाल जरा तेज हुई तो बेचारे

पीरे महाशय कदम-कदम पिछड़ने लगे। गाड़ी के साथ चलनेवाला एक आदमी भी पीछे छूटते-छूटते मेरे बराबर आ गया। देखकर ताज्जुब होता था कि आसमान में सूरज को पर लग गए हैं—अभी यहाँ तो अभी वहाँ। तभी मैंने ध्यान दिया कि काफी देर में हवा में झुलसती घास की सरसराहट और भुनगों की भनन्-भनन् गूँज रही है। पसीना मेरे चेहरे पर चुहचुहा रहा था। टोप नहीं था इसलिए मैं रूमाल से ही हवा करने लगा।

अंडरटेकर के आदमी ने मेरी ओर पलटकर कुछ कहा। मैं उसकी बात नहीं समझा। दाहिने हाथ से टोप को तिरछा उठाए हुए उसने बाएँ हाथ के रूमाल से अपनी खोपड़ी की चँदिया पोंछी। मैंने पूछा, "आप कुछ कह रहे थे क्या ?" उसने आसमान की ओर इशारा करके कहा, "आज गजब की धूप है। क्यों है न?"

"जी हाँ," मैंने कहा।

कुछ ठहरकर उसने पूछा, "हम लोग आपकी माँ को ही तो दफन करने ले जा रहे हैं न?"

"जी हाँ," मैं फिर बोला।

"कितनी उम्र थी?"

"यही समझिए कि किसी तरह चल रही थीं। लेकिन सच तो यह है कि उनकी सही-सही उम्र खुद मुझे नहीं मालूम थी।"

इसके बाद वह चुप हो गया। घूमकर देखा, पीरे महाशय करीब पचा-सेक गज पीछे लँगड़ाते-लँगड़ाते घिसटते चले आ रहे थे। साथ आ जाने की कोशिश में हाथ-भर आगे अपना बड़ा-सा फैल्ट हैट झुलाते जाते थे। मैंने एक निगाह वार्डन पर भी डाली। वह बिना चेहरे पर कोई भाव लाए बड़े चुस्त और नपे-तुले कदमों से चल रहा था। माथे पर पसीने की बूँदें चुहचुहा आई थीं; उन्हें भी उसने नहीं पोंछा था।

मुझे लगा, हमारा यह छोटा-सा काफिला जरा ज़्यादा ही तेज चल रहा है। जहाँ-जहाँ तक निगाह जाती थी वहीं धूप-नहाए खेत-खलिहान दिखाई देते थे। आसमान में ऐसा चौंधा था कि आँख उठाते नहीं बनता था। अब हम लोग ताजा-ताजा तारकोल पड़ी सड़क के टुकड़े पर चल रहे थे। यहाँ धरती पर गरमी की लहर भभका मार रही थी। कदम पड़ते ही पाँव फच-से चिपक जाता और हटते ही दरार-जैसा काला चमकता निशान छूट जाता। गाड़ी के ऊपर निकला हुआ गाड़ीवाले का चम-चम करता काला टोप भी इसी चिपचिपे तारकोल के लौंदा-जैसा लगता था। ऊपर की आसमानी-सफेदी का चौंधा, और नीचे चारों तरफ का यह काला-कालापन, अर्थात् गाड़ी का चम-चम करता कालापन, सेवकों के कपड़ों का निस्तेज कालापन और सड़क पर छूटी छापों का यह रुपहला कालापन, इस सबको देखकर बड़ी अजब-सी अनुभूति होती थी, मानो यह सब सच नहीं, सपना हो। इस सबके साथ ऊपर से छाई थी तरह-तरह की गन्ध—गाड़ी के चमड़े और लीद की गन्ध के साथ मिली-जुली लोबान और अगरु की गन्ध के भभके! रात की उखड़ी-उखड़ी नींद की खुमारी और इस सारे वातावरण के कारण मुझे लगता था जैसे मेरी आँखें और विचार-शक्ति धुँधली हुई चली जा रही हैं।

मैंने दुबारा पीछे मुड़कर देखा। इस बार पीरे महाशय बहुत ही पीछे छूटे दिखाई दिए—गरमी की धुन्ध में कहीं नजर आएँ-आएँ कि अचानक एकदम गायब हो गए। आखिर गए कहाँ? कुछ देर की माथापच्ची के बाद मैंने अन्दाजा लगाया कि वे सड़क छोड़कर खेतों में मुड़ गए हैं। तभी देखा कि सड़क कुछ दूर आगे जाकर मोड़ लेती है। अच्छा, तो पीरे महाशय ने हमें पकड़ने के लिए यह पगडंडी पकड़ी है! वे यहाँ आस-पास की जगहों से खूब परिचित हैं। सड़क पर हम लोग जैसे ही

घूमे कि वे हमारे साथ आ गए। लेकिन धीरे-धीरे फिर पिछड़ने लगे। आगे जाकर उन्होंने फिर इसी तरह एक पगडंडी पकड़ी। आध घंटे में यह कई बार हुआ तो शीघ्र ही उनकी इस हरकत में मेरी दिलचस्पी समाप्त हो गई। कनपटियों में भड़कन हो रही थी और मैं जैसे-तैसे अपने को घसीट रहा था।

इसके बाद का सारा काम बड़ी हबड़-तबड़ में और कुछ ऐसे मशीनी नपे-तुले ढंग से हुआ कि मुझे अब कोई भी बात याद नहीं। हाँ, याद है बस इतना कि जब हम गाँव के सिरे पर पहुँचे तो नर्स ने मुझसे कुछ कहा था। उसका स्वर सुनकर मैं चौंक पड़ा। चेहरे से इस स्वर का कोई मेल नहीं था। स्वर बड़ा मधुर और कम्पन-भरा था। वह कह रही थी, "अगर बहुत धीरे-धीरे चलिए तो लू लगने का खतरा और तेज-तेज चलिए तो शरीर पसीने से तर-बतर! तब चर्च की ठंडी हवा लगते ही जुकाम का हमला!" उसकी बात मैंने समझी। मतलब था कि आदमी को एक न एक चीज तो भुगतनी ही थी।

अन्त्येष्टि के समय की कुछ और बातें भी अभी तक याद रह गई हैं। जैसे, गाँव के ठीक बाहर जब आखिरी बार बुढ़ऊ ने हमें पकड़ा था उस क्षण का उनका चेहरा। शायद थकान या दुख से या शायद दोनों के कारण आँखों से धार-धार आँसू बह रहे थे। लेकिन खाल की झुर्रियों के कारण आँसू नीचे नहीं टपक पाते थे और वहीं झुर्रियों में आड़े-तिरछे फैल जाते थे। इससे वह थका-पस्त बूढ़ा चेहरा गीला-गीला चमकता दीखता था।

चर्च की शक्ल और आसपास का वातावरण; सड़क पर चलते-फिरते गाँववाले; कब्रों पर खिले हुए लाल-लाल जरेनियम के फूल; कपड़े की गुड़िया की तरह पीरे का बेहोशी के दौरे में लुढ़क पड़ना; माँ

के ताबूत पर मुट्ठियाँ भर-भरकर पड़ती मटमैली मिट्टी का गिरना; उस मिट्टी में मिले सफेद-सफेद जड़ों के तिनके; फिर और लोगों की भीड़; आवाजें; कैफे के बाहर खड़े होकर बस की प्रतीक्षा करना; इंजन की खड़ड़-खड़ड़; अल्जीयर्स की जगर-मगर करती सड़कों पर अपनी बस के प्रवेश के साथ ही खुशी की झुरझुरी महसूस करते हुए घर पहुँचकर सबसे पहले बिस्तरे पर जाकर पड़ने और बारह घंटे लम्बी तानकर सोने की कल्पना करना; यह सब मुझे अब भी याद है।

दो

नींद टूटने पर समझ में आया कि क्यों मेरे दो दिनों की छुट्टी माँगने से साहब का मुँह उतर गया था। आज शनिवार था। उस समय तो यह बात ही मेरे दिमाग में नहीं थी। वह तो अब, बिस्तर छोड़ते समय मुझे खयाल आया। जरूर साहब ने सोचा होगा कि इस तरह तो मैं पूरे चार दिनों की छुट्टियाँ झाड़े ले रहा हूँ। यह बात उनके गले उतरती ही क्यों? खैर, पहली बात तो यह कि माँ को आज के बजाय कल दफन किया गया, इसमें मेरा क्या दोष? दूसरे, शनि और रवि की छुट्टी तो मुझे हर हालत में मिलनी ही थी। बहरहाल, इसमें मैंने अपने साहब का दृष्टिकोण न समझा हो, ऐसा नहीं है।

पिछले दिन जो गुजरा था, उसने सचमुच मुझे ऐसा पस्त कर डाला था कि उठना मुसीबत लग रहा था। हजामत बनाते-बनाते सोचने लगा कि आज सारा दिन कैसे काटा जाए। तय किया कि तैरने से तबीयत कुछ न कुछ तो सुधरेगी ही, सो सीधी बन्दरगाह जानेवाली ट्राम पकड़ी।

वही पुरानी रफ्तार थी। सन्तरण-कुंड में युवक-युवतियों का जमाव था। उन्हीं में हमारे दफ्तर की भूतपूर्व टाइपिस्ट मेरी कार्डोना भी दिखाई पड़ी। मेरा भी झुकाव उन दिनों उसकी तरफ खासा था और समझता हूँ, वह भी मुझे पसन्द करती थी। लेकिन हमारे यहाँ यह रही ही इतनी कम कि कुछ बात नहीं बनी।

तैरनेवाले तख्ते पर चढ़ने में सहारा देते हुए मैंने जरा उसकी छातियों पर भी हाथ फेर दिए। वह तख्ते पर चित लेट गई और मैं खड़ा-खड़ा पानी में तैरता चलने लगा। पलभर बाद वह करवट लेकर मुझे देखने लगी। मैं भी छाती के बल सरककर उसकी बगल में लेट गया। हवा बड़ी सुहानी-गरम थी। खेल-खेल में मैंने अपना सिर उसकी गोद में गड़ा दिया। लगा, उसने बुरा नहीं माना, तो सिर वहीं रखे रहा। सारा नीला और सुनहला आकाश मेरी आँखों में उतर आया था और मेरी के पेट का मेरे सिर के नीचे हल्के-हल्के उठना-गिरना मेरे तन-मन को विभोर किए दे रहा था। हम दोनों ही उस तन्द्रिल अवस्था में कम से कम आध घंटा तो उस तख्ते पर तैरे ही होंगे! धूप जब बहुत तेज हो गई तो उसने उछलकर पानी में गोता लगाया। मैं भी उसके पीछे-पीछे कूदा और पकड़कर अपनी बाँहें उसकी कमर के इर्द-गिर्द डाल लीं। हम यों ही अगल-बगल लेटे तैरने लगे। वह लगातार हँसे जा रही थी।

फिर सन्तरण-कुंड (स्विमिंग-पूल) के किनारे खड़े-खड़े हम लोग अपने शरीर सुखा रहे थे तो वह बोली, "तुम्हारा रंग मुझसे साफ है।" मैंने पूछा, "शाम को मेरे साथ सिनेमा चलोगी?" वह फिर हँसने लगी। बोली, "हाँ-हाँ।" लेकिन उसने शर्त यह रखी कि उस मजाकिया खेल में चलेंगे जिसमें फर्नान्देल ने काम किया है। आजकल बच्चे-बच्चे की जबान पर उसकी चर्चा है।

हमने कपड़े पहन लिये तो वह आँखें फाड़-फाड़कर मेरी काली टाई को देखते हुए पूछने लगी, "क्या बात है? कोई गमी हो गई है क्या?" मैंने माँ के न रहने की बात बताई। पूछा, "कब?" "कल," मैंने कहा। वह मुँह से तो कुछ नहीं बोली लेकिन लगा, जैसे सकुचाकर परे सरक गई। जीभ तक आई बात मैंने दबा ली कि इसमें मेरा कोई कसूर नहीं है। याद आया, यही बात मैंने साहब से भी कही थी। उस वक्त कैसी मूर्खतापूर्ण लगी थी। यों मूर्खतापूर्ण लगे या न लगे, लेकिन इसमें कोई शक नहीं कि ऐसी बातों से मन में अपराध-भावना जरूर महसूस होने लगती है।

बहरहाल, साँझ तक मेरी सारी बातें भूल-भाल गईं। कहीं-कहीं फिल्म मजाकिया जरूर थी, लेकिन सब मिलाकर थी सोलहों आना बकवास ही। वह मेरे पाँव से पाँव रगड़ती रही और मैं उसकी अपनी ओर वाली छाती से छेड़खानी करता रहा। तसवीर जब खत्म होनेवाली थी मैंने उसे चूम लिया। लेकिन यह चूमना बड़े बेहूदे ढंग से हुआ। फिर वह साथ-साथ घर आई।

मेरी नींद टूटने से पहले ही वह चली गई थी। वह बताती थी कि मौसी घर में सबसे पहले उसे ही तलाश करती हैं। याद आया, आज तो रविवार है। मन खराब हो गया। इस कमबख्त रविवार का मुझे कभी खयाल ही नहीं रहता। मैं तकिए में सिर घुमाकर मेरी के केशों से लगी खारी-खारी गन्ध को अलस भाव से साँस के साथ पीने लगा। दस तक टाँगें पसारकर सोया और इसके बाद भी सिगरेट-पर-सिगरेट फूँकता दोपहर तक बिस्तर पर ही करवटें बदलता रहा। तय किया कि आज और दिनों की तरह सेलेस्ते के रेस्त्राँ में खाना नहीं खाएँगे। वहाँ लोग दुनिया-भर के सवाल-जवाब करके नाक में दम कर देते हैं। मुझे यह

जिरहबाज़ी पसन्द नहीं है। अतः कुछ अंडे उबाले और उसी बर्तन में रखकर खाए। डबलरोटी बची नहीं थी और नीचे से खरीदकर लाने की तबालत मंजूर नहीं थी; सोचा, बिना डबलरोटी ही सही।

खाने के बाद समझ में ही नहीं आया कि अब करूँ तो क्या करूँ। बस, अपने उस छोटे-से फ्लैट में ही इधर से उधर चक्कर लगाता रहा। माँ साथ थी तो यह फ्लैट हमारी रिहाइश के लिए काफी था। अब मुझ अकेले के लिए तो बहुत बड़ा पड़ता था सो मैं खाने की मेज को सोने के कमरे में ही खींच लाया था। मेरे उपयोग का बस यही कमरा रह गया था। सारा ज़रूरत का फर्नीचर इसमें था—पीतल का पलंग, एक शृंगार-मेज, बेंत की कुछ कुर्सियाँ, जिनमें बैठने की जगह गड्ढे पड़ गए थे, दाग-दगीले शीशेवाली कपड़े टाँगने की आलमारी। बाकी के फ्लैट से चूंकि काम ही नहीं पड़ता था, इसलिए मैंने उसकी साज-सँवार का सिरदर्द भी छोड़ दिया।

जब देखा कि कुछ करने को ही नहीं है तो फर्श पर पड़ा जाने कब का पुराना अखबार ही उठाकर पढ़ने लगा। उसमें 'क्रुशेन-साल्ट' का एक विज्ञापन था, मैंने उसे काटकर अपने अलबम में चिपका लिया। अखबार में जो चीजें मुझे मजेदार लगती थीं, उन्हें मैं इसी अलबम में चिपका लेता था। मल-मलकर हाथ धोए और लाचार बाहर बालकनी में निकल आया। जब कहीं मन न लगता तो मैं यहीं आ जाता।

सोनेवाला कमरा मुहल्ले की खास सड़क की तरफ पड़ता था। हालाँकि मौसम बड़ा खुला और सुहाना था, लेकिन सड़क के पत्थर अब भी काले-काले चमक रहे थे। सड़क पर भीड़ नहीं थी और जो भी दो-चार आदमी थे सब निरुद्देश्य निरर्थक भाग-दौड़ करते लगते थे। सबसे पहले छुट्टी की साँझ को सैर करने जाता हुआ एक परिवार आता

दिखाई दिया। आगे-आगे मल्लाहों जैसे सूट पहने दो छोटे-छोटे छोकरे थे, उनकी पतलूनें मुश्किल से टखनों तक पहुँचती थीं और रविवार के अपने सबसे अच्छे कपड़ों में भी वे उजबक-से दिखते थे। फिर बड़ी-सी गुलाबी 'बो' लगाए काले पेटेंट चमड़े के जूते पहने छोटी-सी लड़की, पीछे-पीछे बादामी रंग के रेशमी कपड़ों में उनकी भारी-भरकम माँ और चुस्त-दुरुस्त कपड़ों में उनका बाप। इस व्यक्ति को मैं शक्ल से पहचानता था। सिर पर चटाई का टोप, हाथ में छड़ी और बटरफ्लाई-टाई। इसे पत्नी की बगल में चलते हुए देखा तो समझ में आ गया कि लोग क्यों इसके बारे में कहते हैं—खुद अच्छे ऊँचे कुल का है लेकिन शादी इसने अपने से नीचे कुल में कर ली है।

इनके बाद नौजवानों का दल गुजरा। ये मुहल्ले के 'शोहदे' थे—तेल चुआते बाल, लाल-लाल टाइयाँ, बहुत तंग कमरवाले कोट, बेल-बूटे कढ़ी जेबें और चौकोर पंजोंवाले जूते! अन्दाज लगाया, जरूर ये लोग शहर के बीचवाले किसी सिनेमाघर की तरफ धावा बोल रहे हैं। तभी तो घर से इतनी जल्दी निकल पड़े हैं और गला फाड़-फाड़कर हँसते-बतियाते ट्राम-स्टॉप पर धमा-चौकड़ी मचाए हैं।

उनके जाने के बाद सड़क धीरे-धीरे सूनी हो गई। अब तक सारे मैटिनी-शो शुरू हो चुके होंगे। इक्का-दुक्का दुकानदार और एकाध बिल्ली ही सड़क पर नजर आती थी। सड़क के किनारे लगे अंजीर के पेड़ों की कतार के ऊपर आसमान साफ था, लेकिन धूप तेज नहीं थी। सामने की पटरी का तम्बाकूवाला भीतर से एक कुर्सी निकाल लाया और अपने दरवाज़े के सामने फुटपाथ पर दोनों टाँगें इधर-उधर करके कुर्सी की पीठ पर बाँहें टेककर बैठ गया। कुछ क्षण पहले ट्रामें भरी जा रही थीं, अब एकदम खाली हो गईं। तम्बाकूवाले की बगल के छोटे-से

खाली रेस्तराँ 'शे-पीयरो' में, बैरा बुरादा झाड़कर बाहर निकाल रहा था। हू-ब-हू इतवार की साँझ थी...।

मैंने भी अपनी कुर्सी घुमाई और सामने के तम्बाकूवाले की तरह टाँगें इधर-उधर करके बैठ गया। वह ज़्यादा आरामदेह था। दो सिगरेट फूँक चुकने के बाद उठा और भीतर कमरे से जाकर चाकलेट की टिकिया उठा लाया। सोचा, खिड़की पर खड़े होकर खाऊँगा। देखते-देखते आसमान में बादल घिर आए तो लगने लगा अब अन्धड़ आनेवाला है। खैर, बादल तो धीरे-धीरे सरक गए, लेकिन जाते-जाते सड़क पर बारिश का-सा खतरा जरूर पैदा कर गए, यानी गहरा अँधेरा और नमी छा गई। देर तक खड़ा-खड़ा मैं आसमान को निहारता रहा।

पाँच बजे फिर ट्रामों की टन-टन गूँजने लगी। हमारे शहर के बाहर की बस्ती में फुटबॉल मैच था। ट्रामें वहीं से भरी-भराई लौट रही थीं। पीछे के पट्टों पर भी भीड़ थी और लोग सीढ़ियों पर लदे थे। फिर एक ट्राम खिलाड़ियों के दल को लेकर आई। जिन-जिनके हाथ में सूटकेस थे, उन्हें मैं देखते ही जान गया कि खिलाड़ी यही हैं। ये लोग गला फाड़-फाड़कर अपने दल का गाना गा रहे थे—"यारो, गेंद बढ़ाए जाओ..." एक मेरी ओर देख-कर चिल्लाया, "छक्के छुड़ा दिए सालों के।" मैंने भी जवाब में हाथ हिलाया और चिल्लाकर बोला : "शाबाश"। इसके बाद निजी कारों की अटूट लैन-डोरी शुरू हो गई।

आसमान के तेवर फिर बदले। छतों के पार सिन्दूरी रोशनी फैलने लगी। जैसे-जैसे गोधूलि हो रही थी, सड़क की भीड़ भी बढ़ती जा रही थी। लोग-बाग सैर-सपाटे कर-करके लौट रहे थे। आनेवालों में वही चुस्त-दुरुस्त छोटा-सा आदमी और उसकी मोटी-ताजा पत्नी दिखाई पड़े। थके-माँदे बच्चे माँ-बाप के पीछे ठुनकते-घिसटते चले आ रहे थे।

कुछ देर बाद मुहल्ले के सिनेमाओं की भीड़ छूटी। मैंने देखा, सिनेमा देखकर आने-वाले नौजवान बड़े जोश-खरोश से हाथ-पाँव हिलाते, लम्बे-लम्बे डग भरते चले आ रहे हैं। साधारणतया ये लोग ऐसे नहीं चलते। जिस सिनेमा से आ रहे हैं, वह जरूर पश्चिमी मार-धाड़ किस्म का कोई खेल होगा। शहर के बीच के सिनेमाघरों से आनेवाले कुछ ठहरकर आए। ये ज़्यादा संजीदा थे। यों कुछ हंस भी रहे थे, लेकिन कुल मिलाकर बड़े लस्त-पस्त और थके-माँदे दिखते थे। कुछ अब भी मेरी खिड़की के पीछे मटरगश्ती करते छूट गए थे। तभी बाँह में बाँह डाले लड़कियों का एक झुंड आया। खिड़की के नीचेवाले नौजवान एक तरफ झुककर इस अदा से चलने लगे कि उनसे शरीर रगड़ते हुए निकलें। उन्होंने कुछ बोलियाँ भी कसीं, जिन्हें सुनकर लड़कियाँ सिर घुमा-घुमाकर खिल-खिल हँसने लगीं। इन लड़कियों को मैं पहचानता था, ये इधर के हिस्से की ही रहनेवाली थीं। जान-पहचान की दो-तीन ने ऊपर देखकर मेरी तरफ हाथ भी हिलाए।

तभी सड़क की बत्तियाँ एक साथ 'भक्' से जल उठीं और अँधेरे आस-मान में जो तारे टिमटिमाने लगे थे वे सब के सब एकदम फीके पड़ गए। इतनी देर सड़क की हलचल और तरह-तरह की बदलती रोशनियों को देखते-देखते मेरी आँखें दर्द करने लगी थीं। बत्तियों के नीचे प्रकाश के झरने झर रहे थे। रह-रहकर कोई ट्राम गुजर जाती और उसकी रोशनी में किसी लड़की के बाल, मुस्कराहट या चाँदी की चूड़ियाँ झलक उठतीं...।

इसके बाद धीरे-धीरे ट्रामें कम होती गईं, पेड़ों और बत्तियों के ऊपर के आसमान का अँधेरा घना और गाढ़ा-गाढ़ा मखमली होता गया, और धीरे-धीरे सड़क खुद-ब-खुद सूनी होती गई। आखिर चारों तरफ

एकदम सन्नाटा छा गया। देखा, साँझवाली वही बिल्ली निर्जन सड़क को निहायत इत्मीनान से टहलती हुई पार कर रही है।

अब मुझे खयाल आया कि खाने-पीने का कुछ जुगाड़ होना चाहिए। सिर झुकाकर नीचे देखते-देखते मैं अपनी कुर्सी की पीठ पर इतनी देर से लदा था कि अंगड़ाई ली तो गर्दन दर्द करने लगी। नीचे जाकर कुछ डबलरोटी और सेंवइयाँ खरीदीं। खाना पकाया और खड़े-खड़े ही खा डाला। मन था कि खिड़की पर खड़े-खड़े ही एक सिगरेट और फूँक लूँ, लेकिन रात में काफी ठंड पड़ने लगी थी सो विचार छोड़ दिया। खिड़की बन्द करके भीतर आया तो निगाह शीशे पर पड़ी। देखा, उसमें मेज का एक कोना दिखाई दे रहा है, उस पर स्प्रिट का लैम्प और पास में डबल-रोटी के कुछ टुकड़े पड़े हैं। तब मुझे एकाएक लगा कि चलो, एक रविवार तो जैसे-तैसे पार हुआ। माँ का अन्त्येष्टि संस्कार हो गया। अब कल से फिर वही दफ्तर का राग शुरू हो जाएगा। सचमुच, मेरी जिन्दगी में तो कुछ भी नहीं बदला, सब कुछ जैसे का तैसा है।

तीन

सुबह दफ्तर में बड़ा काम था। साहब का मिजाज खुश था। उन्होंने पूछा, "बहुत थक तो नहीं गए?" इसके बाद ही माँ की उम्र पूछी। मैं कुछ देर सोचता रहा। गलती न कर जाऊँ इसलिए बताया, "होगी, यही कोई साठ के आसपास।" इससे, पता नहीं क्यों, उनके चेहरे पर जरा बेफिक्री आ गई और लगा जैसे विचारों में डूब गए। बात खत्म हो गई।

डेस्क पर मेरे लिए जहाजी बिल्टियों का गट्ठर लगा रखा था; सबको निपटाना पड़ा। दोपहर को, खाने जाने से पहले, मैंने हाथ धोए। दोपहर को हाथ धोने में मुझे हमेशा बड़ा मजा आता है। अनेक लोगों के इस्तेमाल से वाश-बेसिन के ऊपर डंडे से लिपटी तौलिया पानी से तरबतर हो जाती है। इसलिए सन्ध्या को उतना अच्छा नहीं लगता। एक बार मैंने साहब से भी इस बात की शिकायत की थी लेकिन उनके लिए यह कोई महत्त्वपूर्ण बात न थी। हाँ, बस यह कहकर रह गए कि बड़े अफसोस की बात है। और दिनों के मुकाबले आज कुछ देर से अर्थात् साढ़े बारह पर दफ्तर से निकला। चालान-विभाग में काम

करनेवाला इमानुएल भी साथ था। दफ्तर की बिल्डिंग का मुँह समुद्र की ओर था। हम लोग कुछ देर सीढ़ियों पर खड़े-खड़े जहाजों की लदाई-उतराई देखते रहे। धूप भयानक तेज थी। तभी जंजीरों की खनन-खनन और इंजन में फटाफट की आवाजें छोड़ता एक बड़ा-सा ट्रक सामने से आता दिखाई दिया। इमानुएल ने सुझाया, आओ, लपककर इस पर चढ़ जाएँ। मैंने दौड़ लगाई। ट्रक काफी आगे निकल गया था सो हमें खासी दूर तक उसके पीछे-पीछे दौड़ना पड़ा। इंजन के शोर-शराबे और गर्मी के कारण मेरी आँखों के आगे अँधेरा-सा छा गया। होश था तो बस इतना कि हम लोग समुद्र के किनारे-किनारे क्रेनों और चर्खियों के बीच अन्धाधुन्ध भाग चले जा रहे हैं। मैंने ट्रक को पहले पकड़ा। छलाँग लगाकर जब सही सलामत ऊपर पहुँच गया तो इमानुएल को भी अपनी बगल में खींच लिया। एक तो दोनों की वैसे ही साँस फूली हुई थी, फिर ऊपर से सड़क पर बिखरी गिट्टियों के कारण ट्रक की उछल-कूद ने हालत और भी खस्ता कर डाली। इमानुएल बत्तीसी दिखाकर खुशी से हँसने लगा।

हाँफते-हाँफते कान में बोला, "आखिर किला फतह कर ही लिया।" सेलेस्ते के रेस्तराँ तक पहुँचते-पहुँचते तो हम लोग पसीने से लथपथ हो गए थे। सामने की ओर निकली मूँछोंवाला सेलेस्ते तोंद पर फूला चोगा (एप्रन) चढ़ाए उसी दरवाज़े के पासवाली अपनी बँधी जगह पर डटा था। मुझे देखकर उसने हमदर्दी जताई, "बहुत दुख तो नहीं हो रहा न?" मैंने कहा, "नहीं, ऐसी कोई बात नहीं।" लेकिन भूख के मारे मेरा दम निकला जा रहा था। चटपट खाना खाया और ऊपर से कॉफी की तह जमा ली। सीधा घर पहुँचा। एकाध गिलास शराब ज़्यादा चढ़ा ली थी, इसलिए हल्की-सी झपकी ली। जागकर, बिस्तर छोड़ने से पहले एक

सिगरेट फूँकी। देरी हो गई थी, इसलिए फुर्ती से दौड़कर ट्राम पकड़नी पड़ी। दफ्तर में भी काफी घुटन थी। ऊपर से सारी सन्ध्या बुरी तरह घुटना पड़ा। दफ्तर बन्द हुआ तो जान में जान आई। माल लादनेवाले समुद्री घाट पर जाकर शीतल-ठंडे वातावरण में देर तक चहलकदमी करता रहा। आसमान हरा-हरा हो रहा था। दफ्तर के दमघोंटू माहौल में निकलकर यहाँ बड़ा सुखद-सुहावना लगता था। खैर, आलू उबलने के लिए चढ़ाने थे सो सीधा घर आया।

हॉल में अँधेरा था। जैसे ही सीढ़ियाँ चढ़ने लगा कि बूढ़े सलामानो से टक्कर हो गई। यह हमारे तल्ले पर ही रहता है। हस्बमामूल कुत्ता साथ था। पिछले आठ सालों से दोनों अभिन्न की तरह रहते हैं। देखने में उनका यह स्पेनियल कुत्ता काफी कुरूप और जंगली लगता है। मेरा खयाल है, खाज-जैसी कोई बीमारी भी उसके शरीर पर है; तभी तो बाल उड़ गए हैं और सारा शरीर कत्थई चकत्तों से भरा पड़ा है। शायद अपने छोटे-से कमरे में हमेशा कुत्ते के साथ ठुँसे रहने के कारण सलामानो ने भी उससे बहुत-से गुण ले लिये हैं। उसके मूँज-जैसे बाल बहुत कम हो गए हैं और चेहरे पर लाल-लाल चकत्ते पड़ गए हैं। उधर कुत्ते ने अपने मालिक की कन्धे सिकोड़ने और कमर झुकाकर चलने की आदत सीख ली है और वह हमेशा थूथन सामने निकाले, नाक से जमीन छूता हुआ चलता है। मगर एक बात बड़ी मजेदार है, दोनों एक-दूसरे से मिलते चाहे जितने हों, एक को दूसरा फटी आँख नहीं सुहाता।

दिन में दो बार बुड्ढा कुत्ते को घुमाने ले जाता है—ग्यारह और छह बजे। पिछले आठ साल में इस घूमने में कभी कोई फर्क नहीं आया। आप जब चाहें तब 'र्‌यू-डो-ल्यों' में दोनों को देख लीजिए।

सारा दम लगाकर कुत्ता मालिक को इस बुरी तरह घसीटता ले जा रहा होगा कि लगेगा, बुढ़ऊ अब गिरे, तब गिरे। तब यह कुत्ते की मरम्मत करेंगे और बुरी-बुरी गालियाँ देंगे। सिमटकर कुत्ता पीछे खींचेगा और अब मालिक साहब कुत्ते को घसीटते हुए ले जा रहे होंगे। लेकिन पलभर बाद ही कुत्ता यह मार भूल-भाल जाएगा और फिर जंजीर खींचता आगे-आगे चलने लगेगा। बदले में फिर ठुकाई होगी और पहले से भी ज़्यादा गालियाँ मिलेंगी। तब दोनों के दोनों पटरी पर अचानक रुककर खड़े हो जाएँगे और फाड़ खानेवाली आँखों से एक-दूसरे को घूरेंगे; कुत्ते की आँखों में खौफ होगा और मालिक की आँखों में नफरत। जब भी ये दोनों निकलते हैं, हमेशा यही होता है। कुत्ता अगर बिजली के लट्ठे के पास रुकना चाहेगा तो बुढऊ उसे रुकने नहीं देंगे, घसीटे चले जाएँगे। तब यह कमबख्त चलते-चलते ही बूंदें टपकाता जाएगा। लेकिन भीतर कमरे में अगर कुत्ता कहीं पेशाब कर दे तो और भी ठुकाई हो।

आठ साल से यही होता चला आ रहा है। सेलेस्ते तो हमेशा कहता है, "शर्म से चुल्लू भर पानी में डूब मरने की बात है। इसका कुछ न कुछ इलाज होना जरूरी है।" लेकिन इलाज क्या हो?

हॉल में हमारी भिड़न्त के समय सलामानो कुत्ते पर बमक रहा था और "दोगले, लीचड़, लेंड़ी कुत्ते..." जैसी गालियाँ दे रहा था। मैंने कहा, "नमस्कार" लेकिन वहाँ सुनने की फुरसत किसे थी? वहाँ तो धाराप्रवाह गालियाँ चल रही थीं। सोचा, लाओ, यही पूछ लूँ कि कुत्ते ने इस बार क्या कर डाला? मगर फिर भी जवाब नहीं मिला। हाँ, वह गाली-गलौज जारी रही, 'साले, लेंड़ी...' इत्यादि-इत्यादि वही सब। साफ-साफ तो नहीं दीखा, लेकिन लगा सलामानो कुत्ते के गले के

पट्टे में कुछ ठीक कर रहा था। मैंने इस बार जरा और जोर से पूछा। बिना पलटे ही, जल-भुनकर मुँह ही मुँह में वह बड़बड़ाया, "साला, कमबख्त...हमेशा बीच में टाँग अड़ाता है।" इसके बाद जैसे ही उसने सीढ़ियाँ चढ़नी शुरू कीं कि कुत्ता सारा जोर लगाकर पीछे खींचने लगा और फर्श पर पसरकर पड़ गया। अब, बुढ़ऊ को कुत्ते की जंजीर पकड़कर एक-एक सीढ़ी ऊपर घसीटना पड़ा।

उसी समय हमारे तल्ले पर रहनेवाला एक और आदमी भी सड़क की ओर से भीतर आया। इसके बारे में यहाँ आम धारणा है कि यह औरतों का दलाल है। मगर इससे पूछो कि क्या काम करते हो, तो बताता है कि वह मालगोदाम में नौकर है। हाँ, यह जरूर है कि अपनी सड़क पर इसे ज़्यादा लोग नहीं जानते। मुझसे तो अकसर इसका दुआ-सलाम हो जाता है। मैं ही एक ऐसा आदमी हूँ जो ध्यान से इसकी बात सुन लेता हूँ, सो कभी-कभी एकाध बात करने मेरे कमरे में भी आ जाता है, और सच पूछो तो मुझे इसकी बातें काफी रोचक लगती हैं। शायद इसीलिए मुझे इससे कन्नी काटने की कोई वजह नहीं दिखाई देती। नाम है, सिन्ते—रेमंड सिन्ते। गठीले बदन का ठिगना-सा कद, घूँसेबाजों जैसी नाक और हमेशा चुस्त-दुरुस्त कपड़ों में लैस! एक बार सलामानो को लेकर इसने भी मुझसे कहा था, "बेशर्मी की हद है।" फिर पूछा था, "जिस ढंग से यह बुड्ढा कुत्ते के साथ पेश आता है, इससे आपको नफरत और चिड़चिड़ाहट नहीं होती?" मैंने जवाब दिया, "नहीं तो।"

हम दोनों—सिन्ते और मैं—ने साथ-साथ सीढ़ियाँ चढ़ीं। मैं अपने कमरे की ओर मुड़ने को हुआ, तो बोला, "देखिए, आप आज खाना मेरे ही साथ खाएं तो कैसा रहे? हलुआ और शराब है अपने यहाँ आज।"

सोचा, चलो अपना खाना बनाने के झंझट से जान छूटी। कहा, "बहुत-बहुत शुक्रिया।"

कमरा इसके पास भी एक ही हैं। बिना जंगलेवाली छोटी-सी रसोई है। देखा, बिस्तर के ऊपर टांड पर गुलाबी और सफेद पलस्तर की बनी देवदूत की मूर्ति रखी है। सामनेवाली दीवार पर नामी खिलाड़ियों और नंगी औरतों की तसवीरें पिन लगाकर ठुकी हुई हैं। बिस्तर नहीं किया गया था और कमरे में चारों तरफ गन्दगी थी। घुसते ही उसने जाकर मोमवाला लैम्प जलाया! फिर, जेबों में हाथ ठूँस-ठूँसकर कपड़े की चीकट-सी पट्टी निकाली और उसे सीधे हाथ पर लपेटा। मैंने पूछा, "क्या तकलीफ है?" बोला, "एक आदमी ने बड़ा तंग कर रखा था, सो उसी से जरा हाथापाई हो गई।"

बताने लगा, "मुसीबत मोल लेता फिरूँ, ऐसा आदमी मैं नहीं हूँ। हाँ, यह और बात है कि गुस्सा जरा जल्दी आ जाता है। वह आदमी ललकारकर बोला, 'मर्द बच्चा है तो ट्राम से नीचे उतर।' मैंने कहा, 'बक-बक मत कर। मैंने तेरा कुछ नहीं बिगाड़ा।' इस पर बोलता क्या है, 'साले में हिम्मत ही नहीं है।' मैंने कहा, 'जबान बन्द करता है या आकर मैं करूँ?' तो जवाब देता है, 'जरा करके तो देख...' मुझमें इतनी ताब कहाँ? जो दनाक्-से मुक्का उसके मुँह पर रसीद किया तो चारों खाने चित्त! मैं कुछ देर रुका कि अब उठे, अब उठे। फिर उसे सहारा देकर खड़ा करने लगा। लेकिन जब कुछ और बस नहीं चला तो आपने पड़े-पड़े वहीं से लात चला दी। अब तो मैंने घुटने का एक रद्दा और देकर जो दो झापड़ और लगाए कि सूअर की तरह खून थूकने लगा। मैंने पूछा, 'कहो, अब तो जी भर गया न?' बोला, 'जी हाँ।'"

बातें करते-करते सिन्ते अपनी पट्टी भी ठीक करता जाता था। मैं बिस्तरे पर बैठ गया था।

वह बोला, "सो भाई साहब, आप ही बताइए, इसमें मेरा क्या कुसूर? वह तो खुद चाहता था। मैं ठीक कहता हूँ न?"

मैंने सिर हिलाकर स्वीकार किया। वह बोलता रहा, "लेकिन बात यह है कि मैं एक दूसरे ही मामले में आपकी सलाह चाहता हूँ। यों उसका सम्बन्ध इस बात से भी है। आपने मुझसे ज़्यादा दुनिया देखी है। मुझे पता है, आप मेरी मदद कर सकते हैं। अगर आप इतना कर दें तो मैं जिन्दगी-भर आपका साथ दूँगा। भाई साहब, मैं कभी किसी का अहसान नहीं भूलता।"

जब इस पर भी मैं कुछ नहीं बोला तो उसने पूछा, "आप चाहें तो हम लोग पक्के दोस्त हो जाएँ...?" मैंने कहा, "मुझे क्या आपत्ति है...।" लगा, इससे उसको तसल्ली हुई। उसने भुना पुडिंग निकालकर बर्तन में पकाया और शराब की दो बोतलें मेज पर रखकर खाना सजा दिया। इस बीच वह एकदम चुप रहा।

जब हम खाने बैठे तो उसने अपनी रामकहानी शुरू कर दी। शुरू में जरा-सी झिझक थी, बाद में नहीं रही।

"यह सारा झगड़ा भी वहीं एक लड़की के पीछे है। बात यह है कि काफी दिनों से मेरे और उस लड़की के लगातार शरीर-सम्बन्ध हैं। और आपसे क्या छिपाना मैंने उसे रखैल की तरह रख लिया था। अच्छी-खासी रकम मुझे उस पर खर्च करनी पड़ती थी। जिस आदमी की मैंने ठुकाई की है वह उसी का भाई है।"

जब देखा कि मैं कुछ नहीं बोल रहा तो वह बताने लगा कि उसे पता है, आसपास के लोग साले उसे लेकर क्या-क्या कहते हैं। लेकिन

यह सोलहों आने बकवास है। औरों की तरह उसके भी अपने सिद्धान्त हैं। वह भी मालगोदाम में काम करता है।

"हाँ, तो मैं आपको बता रहा था कि..." वह कहने लगा, "एक दिन मुझे पता चला कि कमबख्त मेरे साथ दगा कर रही है। अगर फिजूलखर्ची न करे तो इतना पैसा मैं उसे दे देता था कि आसानी से अपना काम चलाती रहे। तीन सौ फ्रांक कमरे का किराया देता था, छह सौ फ्रांक उसके खाने-पीने के देता था। फिर कभी मोजे, कभी कुछ, कभी कुछ, दुनिया भर के भेंट-उपहार तो सब चलते ही रहते थे। एक तरह से हजार फ्रांक महीने का चक्कर था। लेकिन नवाबजादी का उससे पूरा ही नहीं पड़ता था; हमेशा वही रोना कि मैं जो देता हूँ उसमें खर्चा नहीं चलता। सो भाई साहब, एक दिन मैंने तो कह दिया, 'सुनो, दिन में कुछ घंटे कुछ कामधाम क्यों न कर लेतीं? इससे मुझे भी जरा आराम हो जाएगा। देखो, इसी महीने मैंने तुम्हें एक नया फ्रॉक लाकर दिया है। तुम्हारा किराया देता हूँ, खाने-पीने के बीस फ्रांक रोज देता हूँ। लेकिन तुम तो कैफे-रेस्तराओं में जा-जाकर जाने किन-किन लडकियों के बीच पैसा फूँकती हो, उन्हें दुनियाभर की चाय-कॉफी पिलाती हो। पैसा तो सारा मेरी ही जेब से जाता है न? मैं तो तुम्हारे साथ शराफत का व्यवहार करता हूँ, और तुम हो कि ये बदला देती हो।' लेकिन काम करने की बात भला वह क्यों सुनने लगी? अपनी ही अपनी लगाए रही, 'तुम जो कुछ देते हो, उससे मेरा काम नहीं चलता।' फिर एक दिन पता लगा कि मेरे साथ चाल खेल रही है...।"

आगे सिन्ते मुझे बताता रहा कि कैसे लड़की के बटुए में उसे एक लॉटरी का टिकट मिला। जब पूछा कि इसे खरीदने को पैसे कहाँ से आए? तो बता ही नहीं पाई। एक दिन फिर सिन्ते को दो कंगनों

की गिरवी-रसीद मिल गई। इन कंगनों के उसने पहले कभी दर्शन ही नहीं किए थे।

"तो अब जाकर समझ में आया कि मेरे साथ चाल खेली जा रही है। पहले तो मैंने उसकी अच्छी तरह धुनाई की : खूब खरी-खोटी सुनाई, साफ कहा कि 'तुझे तो बस, एक ही चीज चाहिए कि कब मौका मिले और कब किसी के साथ मुँह काला करे।' भाई साहब, मैंने तो उसके मुँह पर सुना दिया, 'मेरी जान, एक दिन अपने किए पर पछताओगी और मेरे पास वापस आने को रोओगी। सड़कों पर जूतियाँ चटकानेवाली ये जितनी लड़कियाँ हैं न, आज उन सबको तुम्हारी किस्मत पर रश्क है कि मुझ-जैसे आदमी ने तुम्हें रख रखा है...।'"

इसके बाद सिन्ते ने उसकी ऐसी कसकर मरम्मत की कि खून थूकने लगी। "इससे पहले उसे कभी यों पीटा नहीं था। अरे यों ही कभी प्यार-प्यार में एकाध धौल जमा दिया तो क्या हुआ? और इस पर जब वह जरा रोती-चिल्लाती थी तो उठकर खिड़की बन्द कर लेता था। बाद में सब ठीक-ठाक हो जाता था। लेकिन इस बार तो मैंने मामला ही जड़ से उड़ा दिया। बस, कसक यही रह गई कि अच्छी तरह दिमाग दुरुस्त नहीं कर पाया। मेरा मतलब समझे न?"

अब उसने बताया कि बस, इसी बारे में उसे सलाह चाहिए। लैम्प धुआँ छोड़ रहा था। कमरे में इस सिरे से लेकर उस सिरे तक चहलकदमी करना रोककर उसने बत्ती कम की। मैं बिना कुछ बोले-चाले उसकी बात सुनता रहा। पूरी की पूरी बोतल मैंने अकेले चढ़ाई थी सो सिर भन्ना रहा था। अपनी सारी सिगरेटें फूँक चुका था और अब रेमंड की सिगरेटों पर धावा बोले था। नीचे, देर से आनेवाली एकाध ट्राम गुजरी और उसके साथ-साथ सड़क की आखिरी चहल-पहल भी खत्म हो

गई। रेमंड बोले चला जा रहा था। उसे सबसे ज़्यादा खीझ इस बात पर थी कि मन में उस कमबख्त लड़की से 'लगाव' भी था। लेकिन इस बार ठान लिया था कि सबक सिखाकर ही मानेगा।

उसने कहा, "पहले तो दिमाग में आया कि उसे किसी होटल में ले जाऊँ और वहाँ जाकर स्पेशल-पुलिस को बुला लूँ। फिर जैसे भी हो पुलिस वालों से कह-सुनकर उसका नाम 'बाजारू-रंडियों' में दर्ज करा दूँ। बस, इतने पर तो वह आपे से बाहर हो जाएगी।" बाद में उसने अपने कुछ ऐसे दोस्तों से सलाह ली थी जिनका पेशा ही गुंडागर्दी का था। ये लोग अपने दुनियाभर के काम निकालने के लिए रंडियाँ रखते थे। लेकिन उनके पास भी कोई सचमुच कारगर रास्ता नहीं निकला। खैर, मैंने कहा, 'इसके सिवा उसका दिमाग दुरुस्त करने का कोई तरीका ही नहीं है। अरे, एक लड़की ने मेरे साथ दगा की है और आप हैं कि उसे सँभालने का तरीका ही नहीं जानते...लानत है—आपके ऐसे पेशे में रहने पर...।' जब सिन्ते ने जाकर यह बात उनसे कही तो उन्होंने सलाह दी कि तुम उस पर 'बाजारू-रंडी' का ठप्पा लगा दो। अपने-आप ठीक हो जाएगी। लेकिन सिन्ते को यह भी मंजूर नहीं था। अब समस्या यही सामने थी कि काफी सोच-विचारकर कौन-सा रास्ता निकाला जाए। "अच्छा पहली बात तो यह कि मैं आपसे एक और ही चीज चाहता हूँ। बहरहाल, सबसे पहले तो यह बताइए कि मेरी इस कहानी पर कुल मिलाकर आपकी क्या राय है?"

मैंने कहा, "राय-वाय तो कुछ नहीं है। हाँ, कहानी मुझे दिलचस्प लगी है।"

क्या मेरा भी यही खयाल है कि लड़की ने सचमुच उसके साथ चाल खेली है?

मुझे मानना पड़ा कि लगता तो कुछ-कुछ ऐसा ही है। इस पर उसने पूछा कि अगर ऐसा है तो क्या मैं नहीं मानता कि उसे सजा मिलनी चाहिए? या मान लो, मैं उसकी जगह होता तो क्या करता? मैंने कहा, "भाई, ऐसे मामलों में कौन कब क्या कर बैठेगा इसका कोई ठिकाना है? लेकिन उसे मजा चखाने की तुम्हारी इच्छा को मैं अच्छी तरह समझ रहा हूँ।"

मैंने और शराब ढाली। रेमंड ने दूसरी सिगरेट जला ली और अपना आगे का इरादा समझाता रहा। खूब खरी-खोटी सुनाते हुए वह उसे एक ऐसा चुभता हुआ पत्र लिखना चाहता था कि लड़की तिलमिला उठे और साथ ही उसे अपनी करतूत पर पछतावा भी हो। फिर जब वापस रेमंड के पास आ जाए तो यह उसे सम्भोग के लिए बिस्तर पर ले जाए। अब, उसे यह इतना उत्तेजित करे...इतना उत्तेजित करे कि वासना के आवेश में वह पागल हो उठे। और तब उठाकर उसके मुँह पर थूक दे और लात मारकर कमरे से बाहर फेंक दे। मैं भी मान गया कि योजना बुरी नहीं है। इससे जरूर उसका दिमाग दुरुस्त हो जाएगा।

रेमंड कहने लगा, "समस्या यह है कि इस तरह का पत्र लिखने का मेरा बूता नहीं है। यहीं मुझे आपकी गदद चाहिए।" जवाब में मैं जब कुछ नहीं बोला तो उसने पूछा, "अभी एकदम लिख सकेंगे?" मैंने कहा, "नहीं... पर खैर, लाओ, लिख ही डालूँ।"

उसने फुर्ती से गिलास की शराब मुँह में उँडेली और उठ खड़ा हुआ। तश्तरियों और जूठे बचे पुडिंग को इधर-उधर सरकाकर मेज पर जगह बनाई। मोमजामे को अच्छी तरह झाड़-पोंछकर चारपाई के पासवाली मेज की दराज से एक चारखाने का कागज निकाला, फिर एक लिफाफा, काठ का लाल होल्डर और लाल स्याही भरी चौकोर

दवात लाकर रखी। लड़की का नाम सुनते ही मैं समझ गया कि 'मूर' (हब्शी) जाति की है।

बिना ज़्यादा माथापच्ची किए जल्दी-जल्दी खत घसीट डाला। हाँ, यह जरूर चाहता था कि रेमंड को तसल्ली हो जाए, आखिर उसकी मंशा पूरी न करने का कोई कारण भी नहीं था। लिख चुका, तो पढ़कर सुनाया। वह सिगरेट के कश लगाते हुए जब-तब सहमतिसूचक सिर हिलाता हुआ सुनता रहा। फिर बोला, "जरा फिर एक बार और पढ़ दीजिए।" लगा, बहुत खुश हो गया है। बत्तीसी-सी दिखाकर हँसा, "अब बनी न बात! मैं तो यार, पहले ही जानता था कि आदमी शक्ल से ही अक्लमन्द लगते हो, तुम तो सब जानते हो—पूरे घाघ हो।"

इस 'यार' शब्द पर तो मेरा ध्यान ही नहीं गया था, लेकिन जब उसने कन्धे पर हाथ मारकर कहा, "तो अब हम लोग दोस्त हो गए न?" तब मुझे याद आया कि उसने 'यार' कहा था। इस पर भी मैं जब चुप रहा तो उसने अपनी बात फिर दुहराई। यों दोस्त हों, न हों मेरे लिए क्या फर्क पड़ना था। लेकिन उसके उतावलेपन को देखकर सिर हिलाकर मान लिया—"हाँ भाई, हैं।"

पत्र लिफाफे में बन्द किया और दोनों ने मिलकर बाकी शराब खत्म कर डाली। इसके बाद गुमसुम बैठे दोनों सिगरेट फूँकते रहे। सड़क पर एकदम सन्नाटा था; बस, जब-तब कोई कार गुजर जाती थी। आखिर मैंने ही कहा कि अब काफी रात हो गई है। रेमंड ने भी स्वीकार करके कहा, "आज तो रात जाती पता ही नहीं चली...।" उसकी बात सही थी। मन हो रहा था कि सीधा बिस्तर पर जा पड़ूँ, लेकिन चलकर वहाँ तक जाना पहाड़ लग रहा था। जरूर मेरे चेहरे से बड़ी पस्ती और थकान जाहिर हो रही होगी, क्योंकि रेमंड बोला, "मुसीबत में यों हिम्मत नहीं

हारनी चाहिए।" पहले तो आशय मेरी समझ में नहीं आया, पर वह खुद ही बोला, "तुम्हारी माँ के देहान्त की खबर सुनी थी। खैर भाई, यह तो एक न एक दिन होता ही है सभी के साथ।" उसके इस कथन से मुझे सुख मिला। उससे मैंने कह भी दिया।

खड़ा हुआ, तो रेमंड ने बड़े आत्मीय-भाव से हाथ मिलाया। कहा, पुरुष हमेशा एक-दूसरे के मन को समझते हैं। बाहर निकलकर मैंने उसके कमरे का दरवाजा भेड़ा और कुछ देर सीढ़ियों के सामने यों ही अनिश्चित-सा खड़ा रहा। सारी बिल्डिंग में कब्र-जैसा सन्नाटा छाया था। जीने के तले से बड़ी सीली और गाढ़ी-गाढ़ी-सी गन्ध निकलकर ऊपर आ रही थी। मुझे अपनी नसों में बजते खून के सिवा कुछ भी नहीं सुनाई दे रहा था। कुछ देर खड़ा-खड़ा उसे ही सुनता रहा। तभी सलामानो के कमरे में कुत्ते ने कराहना शुरू कर दिया; और उसकी यह हल्की-सी दुख-भरी कराह निद्रा-स्तब्ध घर को भेदकर यों उभरने लगी, मानो अँधेरे और सन्नाटे का जाल तोड़कर कोई फूल धीरे-धीरे सिर उठा रहा हो...।

चार

सारे हफ्ते दफ्तर में सिर उठाने की फुर्सत नहीं मिली। रेमंड एक बार आकर बता गया कि उसने पत्र डाल दिया है। इमानुएल के साथ मैं दो बार सिनेमा भी हो आया। सामने पर्दे पर क्या-क्या हो रहा है, यह पूरी तरह उसके पल्ले ही नहीं पड़ता, इसलिए हमेशा पूछता रहता है।

कल शनिवार था। पूर्व-निश्चित कार्यक्रम के अनुसार मेरी आ गई; लाल-सफेद धारियोंवाले सुन्दर कपड़े, पाँव में चमड़े की सैंडिल! मेरी तो उस पर से आँखें ही नहीं हटती थीं। छोटी-छोटी पुष्ट छातियों का उभार अलग ही दिखाई दे रहा था। धूप-सिंका चेहरा बादामी रंग के मखमली गेंदा-फूल-सा लगता था। बस से हम लोग अल्जीयर्स से कुछ मील दूर एक परिचित समुद्र-तट पर जा पहुँचे। यहाँ दो उभरी हुई नोकदार चट्टानों के बीच रेत केवल एक पट्टी की शक्ल में फैली है। ज्वार के समय पानी जहाँ तक आ जाता है, उस धारी के किनारे-किनारे पीछे दूर तक झाऊ के पेड़ों की कतार चली गई है। चार बजे के करीब धूप तो ऐसी तेज नहीं थी; हाँ, पानी जरूर

सुहाता-गुनगुना था। छोटी-छोटी लहरियाँ अलमस्त भाव से रेत पर अठखेलियाँ कर रही थीं।

मेरी ने मुझे एक नया खेल सिखाया—पहले तैरते-तैरते लहरों के उछाले हुए झाग को मुँह में खूब भर लो और जब झाग मुँह मैं खूब भर जाएँ तो चित लेटकर आसमान की ओर फुहारे की तरह फेंको। इससे झागों का एक धुन्ध-सा बन जाता है। यह धुन्ध या तो ऊपर ही हवा में घुल जाता है या गुनगुनी फुहार की तरह वापस गालों पर आ गिरता है। लेकिन इस खेल में जब नमक मुँह में गया, तो शीघ्र ही मुँह चिर पिराने लगा। तभी मेरी ने आकर पानी के भीतर ही मुझे कसकर बाँहों में भर लिया और अपने होंठ मेरे होंठों पर दबाए रही। उसकी जीभ से मेरे होंठों की जलन शान्त हुई। दो-एक पल के लिए हमने अपने को लहरों के हाथों में सौंप दिया, जिधर भी बहा ले जाएँ। फिर तैरते हुए वापस किनारे पर आ गए।

हमने कपड़े पहन लिये तो देखा मेरी टकटकी बाँधे मेरी ओर देखे जा रही है। उसकी आँखों में तारे झिलमिला उठे हैं। मैंने दोनों बाँहों मैं भरकर उसे चूम लिया। इसके बाद कुछ देर हम दोनों में से कोई कुछ नहीं बोला। एक-दूसरे से होड़ लगाकर, फिर हम, गिरते-पड़ते सामने के ऊँचे कगारे की ओर दौड़ पड़े। सारे समय मैं उसे बगल में ही भींचे रहा। दोनों को लगी थी कि जल्दी से जल्दी बस लें, कमरे में आएँ और सीधे बिस्तर में जा घुसें। जाते समय मैं कमरे की खिड़की खुली छोड़ गया था, सो रात को बह-बहकर आती शीतल-मन्द समीर हमारे धूप-जले शरीरों को बड़ी सुहानी लग रही थी।

मेरी ने बताया कि अगले दिन भी उसे कोई काम नहीं है। मैंने कहा, "तब कल मेरे साथ ही दोपहर को भोजन क्यों नहीं करतीं?"

उसने हामी भर ली। मैं गोश्त खरीदने नीचे गया। लौटते हुए सुना, रेमंड के कमरे से किसी औरत के बोलने की आवाज आ रही है। कुछ देर बाद, दूसरी तरफ बूढ़े सलामानो ने अपने कुत्ते का रोना शुरू कर दिया। शीघ्र ही सीढ़ियों पर पंजों और जूतों की थप-थप सुनाई दी। फिर वही, "गन्दे कुत्ते, साले, आगे बढ़।" इसके बाद दोनों सड़क पर उतर गए। मेरी को मैंने इस बुड्ढे की आदतों के बारे में बताया तो खिलखिलाकर हँसने लगी। उसने मेरा पाजामा-कमीज ही पहन रखा था। आस्तीनें ऊपर चढ़ा ली थीं। उसको हँसता देखकर मन हुआ कि यह यों ही हँसती रहे। पल-भर बाद उसने पूछा, "तुम मुझे प्यार करते हो न?" मैंने जवाब में कहा कि असल में इस तरह के सवाल का कोई अर्थ ही नहीं है। लेकिन जहाँ तक मैं समझता हूँ, मैं उससे प्यार-व्यार नहीं करता। सुनकर वह जरा दुखी-सी दिखाई दी, लेकिन जब खाना तैयार हो गया तो फिर चहक उठी। बात-बात पर हँसने लगी। जब-जब वह यों हँसती है, मेरा मन होता है उसे चूम लूँ। ठीक उसी क्षण की ही बात है कि रेमंड के कमरे से कोलाहल, चीख-पुकार शुरू हो गई।

पहले सुना कि कोई औरत खूब ऊँची और चिचियाती आवाज में कुछ कह रही है। फिर रेमंड की दहाड़ सुनाई दी,"तूने मेरे साथ दगा किया कुतिया, कमीनी! आज बताऊँगा कि मेरे साथ दगा करने से क्या होता है?" धप्-धप् पीटने की आवाज! फिर हृदय-बेधी चीखें कि सुनकर तन-मन रोमांचित हो उठे। देखते-देखते सीढ़ी पर लोगों का जमघट लग गया। मेरी और मैं भी बाहर निकल आए। औरत अभी तक चीख-चिल्ला रही थी और रेमंड लात-घूंसों से उसे अन्धाधुन्ध पीटे चला जा रहा था। मेरी बोली, "उफ्, कैसी बेहूदगी है?" मैं कुछ भी नहीं बोला। इसके बाद मेरी बोली, "जाकर किसी सिपाही को बुला

लाओ।" मैंने कहा, "मुझे सिपाही-विपाही से क्या लेना-देना।" खैर, देखते-देखते एक सिपाही भी आ-हाजिर हुआ। दूसरे तल्ले का एक नल-मिस्त्री उसके साथ-साथ आया। जैसे ही सिपाही ने धड़ाधड़ किवाड़ों पर घूँसे मारे कि भीतर की आवाजें बन्द हो गईं। उसने फिर दरवाजा खटखटाया। पल-भर बाद औरत ने भीतर से फिर रोना शुरू कर दिया। रेमंड ने दरवाजा खोला। उसके निचले होंठ पर टिकी सिगरेट थर-थर झूल रही थी और चेहरे पर रोनी-सी मुस्कुराहट थी। "तुम्हारा नाम?" रेमंड ने नाम बता दिया। सिपाही ने कठोर गैर-मुलाहिजा स्वर में कहा, "मुझसे बात करते वक्त सिगरेट मुँह से निकाल लो।" रेमंड थोड़ा सकपकाया, लेकिन मेरी ओर देखकर सिगरेट मुँह में ही लगाए रहा। सिपाही ने लपककर हाथ घुमाया और फटाक् से उसके बाएँ गाल पर एक करारा तमाचा जड़ दिया। होंठों से छूटकर सिगरेट कई गज दूर जा गिरी। चोट से रेमंड का चेहरा ऐंठा, लेकिन एक क्षण वह मुँह से कुछ नहीं बोला। फिर बड़े ही मुलायम लहजे में पूछा, "अब सिगरेट का बचा हिस्सा उठा लूँ न?"

"उठा लो," सिपाही ने कहा, "लेकिन आगे से याद रखना, हम बदतमीजी बर्दाश्त नहीं करते, फिर तुम जैसे हब्शियों की तो किसी भी हालत में नहीं करते।"

इस सारे समय लड़की रोती-सिसकती और बार-बार एक ही बात कहती रही—"इस मर्दुए ने मुझे मारा...दलाल कहीं का..."

रेमंड ने बीच में ही पूछा, "माफ कीजिए जमादार साहब, इतने चश्मदीद गवाहों के सामने किसी भले आदमी को दलाल कहना किस कानून में आता है?"

सिपाही बोला, "अपनी चालाकी बन्द करो।"

इस पर रेमंड ने लड़की की तरफ पलटकर कहा, "फिक्र मत करो जानेमन, हम लोग फिर मिलेंगे!"

"बस, बस," सिपाही घुड़का और लड़की से बोला, "चलो, भागो यहाँ से।" और रेमंड से कहा, "थाने से जब तक बुलावा न आए, तुम अपने कमरे से बाहर नहीं निकलोगे। जरा तो शर्म करो। नशे में ऐसे धुत्त हो रहे हो कि सीधा खड़ा तक नहीं हुआ जाता। ये तुम्हारा सारा शरीर काँप किसलिए रहा है ?"

"धुत् नहीं हूँ, जमादार साहब!" रेमंड ने बताया, "मैं तो जब-जब आपको यों खड़े होकर अपनी तरफ घूरते हुए देखता हूँ तो खुद-ब-खुद कँपकँपी चढ़ जाती है। अच्छा, झूठ कह रहा हूँ क्या?"

फटाक् से उसने दरवाजा बन्द कर लिया तो हम सब लोग चले आए। मैंने और मेरी ने मिलकर खाना बनाया। मगर उसे भूख नहीं थी; करीब-करीब सारा मुझे ही खाना पड़ा। एक बजे वह चली गई तो मैंने एक झपकी ले डाली।

तीन के करीब दरवाज़े पर खट-खट हुई और रेमंड भीतर आया। चुपचाप पाटी पर आकर बैठ गया। एक मिनट हम दोनों में से कोई कुछ नहीं बोला। फिर मैंने पूछा, कैसा रहा? उसने बताया कि शुरू में तो सारा काम योजना के अनुरूप ही होता चला गया; लेकिन जिस समय लड़की ने रेमंड के मुँह पर तमाचा जड़ दिया और उसने खून देखा तो वह आपे से बाहर हो उठा और पलटकर उसकी घुनाई शुरू कर दी। बाद में जो कुछ हुआ, उसे बताने की ज़रूरत ही नहीं। मैं खुद था वहाँ।

"चलो, तुमने उसे अच्छा सबक सिखा दिया। क्यों, यही तो तुम्हारी ख्वाहिश थी न?"

"हाँ, यह तो है।" वह मान गया; बोला, "अब पुलिस, जो मन हो सो करती रहे। उसे अपने किए की सजा मिल गई! और रही पुलिस, सो उससे भुगतने का गुर रेमंड जानता है। लेकिन जानना वह यह चाहता है कि जब सिपाही ने उसे मारा, तब क्या मैं चाहता था कि वह भी पलटकर उसे मारे!"

मैंने कहा कि मैं तो कुछ भी नहीं जानता था। सच तो यह है कि पुलिस-वुलिस से कभी मेरा वास्ता नहीं पड़ा। इस बात से रेमंड खुश हो गया और बोला, "उठो, जरा टहल आएँ।" मैं बिस्तर छोड़कर बाल सँवारने लगा। अब रेमंड ने कहा, "तुमसे तो बस, मैं इतना चाहता हूँ कि मेरी गवाही दे दो।" मैंने कहा कि मुझे इसमें कोई आपत्ति नहीं है। पर मुझे यह भी तो पता चले कि वहाँ कहना क्या होगा?

"अरे, कहना-कहाना क्या है!" उसने जवाब दिया, "तुम तो बस यह बता देना कि लड़की ने वाकई मेरे साथ दगा की है।"

मैं गवाह बनने को राजी हो गया।

हम लोग साथ-साथ बाहर निकले। रेमंड ने एक कैफे में ले जाकर मुझे एक पेग ब्रांडी पिलाई। फिर हम लोग बिलियर्ड की एक बाजी खेले। बाजी बड़ी कड़ी थी—मैं थोड़े-से नम्बरों में जीतते-जीतते रह गया। अब उसने किसी चकले में चलने का प्रस्ताव किया, लेकिन मैंने मना कर दिया। मेरा मन नहीं था। धीरे-धीरे चहलकदमी करते हुए जब हम लौटे तो वह बताने लगा कि अपनी 'महबूबा' से जी भरकर बदला चुकाकर उसे कितनी खुशी हो रही है। वह तरह-तरह की बातें करके मेरा मन बहलाए रहा। इस टहलने में मुझे भी मजा आया।

घर के पास पहुँचते ही, ड्योढ़ी पर सलामानो दीखा। बेहद बौखलाया लगता था। ध्यान आया कि साथ में कुत्ता नहीं है। चारों

ओर घूम-घूमकर देखता हुआ सलामानो फिरकी की तरह घूम रहा था। कभी अपनी छोटी-छोटी सुर्ख आँखें अँधेरे में गड़ाकर वहाँ कुछ तलाश करता, फिर आप ही आप कुछ बुड़बुड़ाता और सड़क पर कभी इधर और कभी उधर देखने लगता।

रेमंड ने पूछा, "क्या हो गया?" तो जवाब में एकदम कुछ नहीं बोला। फिर सुना, सूअर-जैसी घुर्र-घुर्र आवाज में कह रहा था, "दोगला, साला, लेंड़ी, कुत्ता...।" मैंने पूछा, "कुत्ता कहाँ चला गया?" इस पर पहले तो उसने भौंहें तानकर मुझे देखा, फिर फटाक् से बोला, "जहन्नुम में!" कुछ क्षण बाद अचानक उसने कुत्ते का पुराण शुरू कर दिया—

"अरे जैसे और दिन ले जाता था आज भी परेड-ग्राउंड ले गया था। वहाँ कोई मेला था सो तिल धरने की जगह नहीं थी। मैं एक छोलदारी के सामने खड़ा होकर 'हथकड़ी-बादशाह' का तमाशा देखने लगा। चलने के लिए मुड़ा तो देखा कुत्ता नहीं है। रोज सोचता था कि छोटा पट्टा लाऊँगा, लेकिन यह तो सपने में भी खयाल नहीं था कि साला जंगली इसमें से यों सिर सरकाकर नौ-दो-ग्यारह हो जाएगा।"

रेमंड ने दिलासा दिया कि कुत्ता अपने-आप घर तलाश करता-करता आ जाएगा। फिक्र की कोई बात नहीं। उसने ऐसे अनेक कुत्तों के किस्से सुना डाले जो मीलों का रास्ता तय करके मालिक के पास लौट आए थे।

लेकिन लगा, इससे बुड्ढे की परेशानी दुगुनी हो गई है।

"अच्छा, ऐसा तो नहीं होगा कि लोग उसे मार-मूर डालें—मेरा मतलब पुलिस-वुलिसवाले? उसकी खाज देखकर हर कोई भागता है, इसलिए यह भी नहीं कि कोई उसे अपने यहाँ रखकर ही पाल ले।"

मैंने बताया, "थाने के पास ही एक मवेशीखाना है। खोए हुए या लावारिस कुत्ते यहीं रखे जाते हैं। आपका कुत्ता जरूर वहीं होगा। थोड़ा-बहुत जुरमाना दे-दिलाकर वापस मिल जाएगा।" उसने पूछा, "अन्दाजन कितना ले लेंगे?" इसका मुझे ज्ञान नहीं था। इसके बाद वह फिर गुस्से से भनभना उठा—

"मैं और उस साले कुत्ते पर पैसा खर्च करूँ? उसकी ऐसी की तैसी! मार डालें उसे, मेरी बला से!" और उसने कुत्ते को अपनी कंठस्थ गालियाँ सुनानी शुरू कर दीं।

रेमंड ठठाकर हँसा और हॉल में आ गया। मैं उसके पीछे-पीछे जीना चढ़ने लगा। ऊपर हम लोगों ने विदा ली। एक-दो मिनट बाद ही फिर सलामानो के पैरों की आहट सुनाई दी, साथ ही मेरा दरवाजा खटका। मैंने दरवाजा खोल दिया। वह कुछ देर ठिठका खड़ा रहा और फिर बोला, "माफ करना...तुम्हारे काम में हरजा तो नहीं होगा न?"

मैंने उसे भीतर बुलाया तो सिर हिलाकर इनकार कर दिया, निगाहें जूतों के पंजों पर लगी थीं और गाँठ-गठीले जर्जर हाथ थर-थर काँप रहे थे। बिना आँख से आँख मिलाए उसने कहना शुरू किया—

"क्यों मोशिये म्योरसोल, पुलिसवाले उसे मुझसे इस तरह छीन लेंगे क्या? नहीं छीनेंगे न?...नहीं...नहीं, ऐसा काम नहीं करेंगे वे लोग मगर...मगर मान लीजिए उन्होंने कुछ कर-करा दिया तो मैं कहीं का नहीं रहूँगा...।"

मैंने बताया, जहाँ तक मेरी जानकारी है मवेशीखाने में लावारिस या खोए कुत्तों के लिए तीन दिनों तक मालिक के आने की राह देखी जाती है। इसके बाद जैसा ठीक समझते हैं, करते हैं।

वह आँखें फाड़े मुझे देखता रहा; मुँह से एक शब्द नहीं निकला। फिर 'नमस्कार' कहकर चला गया। बाद में काफी देर तक कमरे में उसके इधर से उधर घूमने की आहट आती रही। दीवारों के उस ओर से हल्की-हल्की सूँ-सूँ की आवाज आई तो मैंने अन्दाज लगाया कि बुड्ढा रो रहा है। तब न जाने क्यों...मेरे मन में माँ की बातें उभर-उभरकर आने लगीं। अगले दिन तड़के ही उठना था। भूख बिलकुल नहीं थी, इसलिए बिना खाए-पीए ही सीधा बिस्तर पर जा पड़ा।

पाँच

रेमंड ने मुझे दफ्तर में फोन किया। कहा, एक बार जिस दोस्त के बारे में उसने मुझे बताया था, उसने मुझे अगले रविवार की छुट्टी साथ बिताने का निमन्त्रण दिया है। अल्जीयर्स नगर से बाहर ही सागर-तट पर उसका छोटा-सा अपना बँगला है। मैं बोला कि निमन्त्रण स्वीकार कर लेने में मुझे तो बड़ी खुशी होती; लेकिन दिक्कत सिर्फ यही है कि यह रविवार तो किसी लड़की के साथ बिताने का वचन दे चुका हूँ। तपाक से रेमंड ने कहा, "तो वह भी आ जाए। दोस्त की पत्नी को तो एक तरह से इससे बड़ी खुशी ही होगी। इतने पुरुषों के दल में वे एकदम अकेली नहीं रहेंगी।"

अपने घरेलू कामों के लिए दफ्तर का फोन इस्तेमाल किया जाए, यह मेरे साहब को पसन्द नहीं है। इसलिए मैं जितनी जल्दी हो सके फोन छोड़ देना चाहता था। लेकिन रेमंड ने कहा, "लाइन मत काटना।" फोन उसने किया ही इसलिए था कि उसे कुछ और भी कहना है। इस निमन्त्रण की तो कोई ऐसी बात नहीं, वह सन्ध्या को भी बता देता।

"बात यह है कि," वह कहने लगा, "कुछ अरब सुबह से मेरा पीछा कर रहे हैं। जिस लड़की से झगड़ा हुआ था न, एक तो उसका भाई ही है। घर लौटते वक्त अगर आसपास कहीं चक्कर काटता दिखे तो मुझे इशारा कर देना।"

मैंने कहा, "जरूर...जरूर।"

उसी समय साहब का बुलावा आ गया। पलभर को तो मैं सकपका गया; अब कहेंगे कि अपना काम करो, यों फोन पर दोस्तों से गप्पें लड़ाने में वक्त बरबाद मत करो। मगर शुक्र है, ऐसा कुछ नहीं निकला। उनके दिमाग में कोई योजना थी; उसी पर बातचीत करना चाहते थे। अभी तक खुद कुछ नहीं तय कर पाए थे। बात थी पैरिस में कम्पनी की एक शाखा खोलने की, ताकि पत्र-व्यवहार में वक्त न बरबाद करके बड़ी-बड़ी कम्पनियों का काम वहीं का वहीं किया जा सके। साहब जानना चाहते थे कि मैं वहाँ जाना चाहूँगा या नहीं?

साहब बोले, "तुम नौजवान आदमी हो। मुझे पता है, पैरिस में जाकर मजे लूटने को तुम्हारा भी दिल करता होगा। और हाँ, साल के कुछ महीनों में फ्रांस में इधर-उधर भी घूमघाम लोगे।"

मैंने कह दिया कि अगर वे कहते हैं तो चला जाऊँगा। यों यहाँ रहूँ या वहाँ, मेरे लिए बात एक ही है।

उन्होंने फिर सवाल किया, "तुम्हारी इच्छा नहीं होती कि जिन्दगी के रवैये में कुछ नया आए, पुराना छूटे?"

मैं बोला, "साहब, अपनी असली जिन्दगी को क्या कभी कोई बदल पाया है ? जैसा एक ढर्रा, वैसा ही दूसरा। जिन्दगी का अब जो रवैया या ढर्रा है, मुझे तो उससे भी कोई शिकायत नहीं है।"

लगा, मेरी बातों से उन्हें दुख हुआ। बताते रहे कि मैं हर काम में हमेशा टाल-मटोल करता हूँ, कि मुझमें महत्त्वाकांक्षा नहीं है; और साहब के विचार से व्यवसाय में रहने वाले आदमी में महत्त्वाकांक्षा का न होना जबरदस्त कमजोरी है।

मैं वापस अपनी मेज पर आ बैठा। सोचा, छोड़ो कौन बहस करे। इससे उनका मिजाज ही बिगड़ेगा। लेकिन अपनी जिन्दगी का रवैया बदलने की मुझे कोई वजह ही दिखाई नहीं देती थी। बुरी-भली, जैसी भी है, ठीक ही है। जिस 'महत्त्वाकांक्षा' की बात वे कहते थे, अपने विद्यार्थी-जीवन में वह मुझमें भरी पड़ी थी। लेकिन पढ़ाई-लिखाई छोड़ने के साथ ही यह भी समझ में आ गया कि यह सब कोरी बकवास है।

उसी साँझ की बात है—मेरी ने आकर पूछा, "मुझसे शादी करोगे?"

मैंने कहा कि मुझे कुछ नहीं है, अगर वह इतनी ही उत्सुक है तो हम लोग शादी कर डालेंगे।

इसके बाद उसने सवाल किया, "मुझे प्यार करते हो?" जो जवाब मैंने पहले दिया था, वही इस बार दे दिया, कि "पूछना ही बेकार है। कम से कम इस तरह के सवाल का कोई अर्थ नहीं है। फिर भी लगता है, मेरे मन में तुम्हारे लिए प्यार-व्यार कुछ नहीं है।"

उसने पूछा, "अगर ऐसा ही है तो शादी किसलिए करोगे ?"

मैंने उस समझाया कि "वास्तव में इससे क्या आता-जाता है? हाँ, अगर शादी करने से तुम्हें सुख मिलता हो, तो चलो, अभी इसी दम किए लेते हैं। बहरहाल, बात तुम्हीं ने चलाई थी—मैं तो सिर्फ हाँ करने का गुनहगार हूँ।"

इस पर वह बताने लगी कि शादी का मामला गम्भीर होता है। बच्चों का खेल नहीं है। मैं बोला, "नहीं, ऐसी बात तो नहीं है।"

पहले तो वह कुछ विचित्र ढंग से मुझे घूरती रही, फिर चुप हो गई। कुछ देर बाद पूछने लगी, "अच्छा मान लो, मेरी जगह कोई दूसरी लड़की होती और जितना कुछ तुम मुझे चाहते हो, उतना ही उसे चाहते और वह जब शादी करने को कहती तो तुम क्या उससे भी यों ही, हाँ कह देते?"

"बेशक!"

अब वह बोली, "मैं भी अभी तक इस धर्म-संकट में हूँ कि तुम्हें प्यार भी करती हूँ या नहीं।" इस बारे में मैं उसे बता ही क्या सकता था? बाद में कुछ देर सन्नाटा रहा। इस बीच वह मुँह ही मुँह में मेरे 'अजीब आदमी' होने को लेकर कुछ कहती रही। "सच बताऊँ तुम्हारी इन्हीं बातों पर तो मैं तुम्हें प्यार करती हूँ।" वह बोली, "हाँ, हो सकता है किसी दिन, इसीलिए, घृणा भी इन्हीं बातों पर करने लगूँ।"

इस पर भी मैं क्या कहता? खामोश ही रहा!

कुछ देर वह विचारों में खोई रही और फिर उसके चेहरे पर मुस्कराहट आ गई। मेरी बाँह पकड़कर फिर दुहराया, "मैं तुमसे अपने दिल की बात कहती हूँ—सचमुच तुमसे शादी करना चाहती हूँ।"

मैं बोला, "अच्छी बात है! जब चाहो, हम लोग शादी कर डालेंगे। ऐसी कोई बात नहीं है।" फिर जब मैंने अपने साहबवाले प्रस्ताव का जिक्र किया तो ललककर बोली, "पैरिस जाने को तो मेरा भी बड़ा मन है।"

इस पर जब मैंने बताया कि मैं कुछ समय पैरिस में रहा हूँ, तो पूछने लगी कि पैरिस शहर कैसा है।

"मुझे तो बड़ा घिच-पिच और बेजान-सा शहर लगता है। कबूतरों के झुंड, अँधेरे घुटे-घुटे चौक और आँगन! निचुड़े हुए लोग! फीके-फीके चेहरे..।"

फिर हम लोग बाहर घूमने निकल आए। मुख्य सड़कों से होते हुए शहर के दूसरे सिरे तक चले गए। औरतें बड़ी खूबसूरत दिखाई देती थीं। मैंने मेरी से पूछा कि उसे भी लगीं या नहीं; बोली, "हाँ, तुम जिस मतलब से पूछ रहे हो वह मुझे पता है।" इसके बाद हममें से कोई कुछ नहीं बोला। लेकिन मैं उसे अभी नहीं जाने देना चाहता था, इसलिए प्रस्ताव रखा कि चलकर सेलेस्ते के रेस्तराँ में साथ खाना खाया जाए।" वह कहने लगी, "तुम्हारे साथ खाने में मुझे सचमुच बड़ा अच्छा लगता, लेकिन आज मैंने किसी और के साथ कह रखा है।" अब हम लोग घर के पास आ गए थे। मैंने कहा," अच्छी बात है। तब फिर मिलेंगे...।"

वह मेरी आँखों में आँखें डाले देखती रही।

"यह भी नहीं जानना चाहते कि आज रात मुझे क्या काम है?"

जानना तो जरूर चाहता था, लेकिन उससे पूछने की बात ही नहीं सूझी। लगा, जैसे वह मेरी इस बात की शिकायत कर रही हो। उसकी इस बात से मैं जरूर सकपका उठा हूँगा, क्योंकि मेरी खिलखिलाकर हँस पड़ी और मेरी ओर झुककर अपने चुम्बनोत्सुक होंठ मेरी ओर कर दिए।

अकेला ही मैं सेलेस्ते रेस्तराँ में आया। अभी खाना शुरू ही किया था कि एक ठिगनी-सी औरत ने आकर पूछा, "आपकी मेज पर बैठ सकती हूँ न?" "जरूर...जरूर," मैंने कहा। औरत देखने में कुछ विलक्षण ही थी—पके सेब-सा फूला-फूला चेहरा, चमकती

आँखें और कुछ अजब ढंग से झटका देती हुई-सी चाल, मानो तार पर चल रही हो। अपनी तंग जाकेट उतारकर वह कुर्सी पर जम गई और एकदम सब कुछ भूल-भालकर खाने की सूची का गौर से अध्ययन करने लगी। फिर सेलेस्ते को बुलाकर अपना ऑर्डर दिया। बोलती बड़ी तेजी से थी लेकिन एक-एक शब्द स्पष्ट। सुननेवाला एक शब्द नहीं चूकता था। जब तक खाने का परोसना शुरू हो, उसने अपना बैग खोला, कागज का टुकड़ा और पेंसिल निकाली और बिल के सारे पैसे पहले ही जोड़ डाले। फिर बैग में हाथ डालकर बटुआ निकाला, बिल का पूरा दाम और ऊपर से कुछ बख्शीश के पैसे निकालकर सामने मेजपोश पर रख लिये।

तभी बैरे ने कोर्स के हिसाब से पहली चीज लाकर सामने रखी। औरत भूखे भेड़िये की तरह उस पर टूट पड़ी। अब जब तक अगली चीज आए, उसने इस बार बैग से दूसरी नीले रंग की पेंसिल और आनेवाले हफ्ते की रेडियो-पत्रिका निकाली और करीब-करीब दिन के हर कार्यक्रम के सामने पेंसिल से निशान लगाने शुरू कर दिए। पत्रिका कुल बारह पन्नों की थी। लेकिन सारे खाने के दौराने में वह एक-एक पृष्ठ को बड़े गौर से घोटती रही। मेरा खाना खत्म हो गया, लेकिन उसका, उसी अखंड ध्यान मुद्रा में कार्यक्रमों पर निशान लगाना जारी था। खाने के बाद वह उठी, अपने उसी झटकेवाले मशीनी अन्दाज से जाकेट पहनी और खुट-खुट करती फुरती से रेस्तराँ से बाहर निकल गई।

करने को कुछ नहीं था, इसलिए मैं कुछ दूर उसी के पीछे-पीछे चलता रहा। पटरी के किनारे-किनारे बिना इधर-उधर मुड़े या पीछे देखे। वह नाक की सीध में चली जा रही थी। जिस तेजी के साथ वह फासला

तय किए जा रही थी, वह उसके छोटे-से कद को देखते हुए निहायत नई चीज लगती थी। सच पूछो तो उसका साथ बनाए रखना मेरे लिए टेढ़ी खीर हो गया और देखते-देखते वह आँखों से ओझल हो गई। हारकर मैं घर की ओर लौट पड़ा। कुछ देर तक तो वह चाबी-भरी कठपुतली (कम से कम मुझे वह ऐसी ही लगी) मुझे काफी प्रभावित करती रही, लेकिन शीघ्र ही बात आई-गई हो गई।

जैसे ही मैं अपने दरवाज़े की ओर मुड़ा कि बूढ़े सलामानो से मुठभेड़ हो गई। मैंने उससे भीतर कमरे में चलने का अनुरोध किया। उसने बताया,"कुत्ता निश्चय ही खो-खा गया। पता लगाने के लिए मैं मवेशीखाने गया था; वहाँ तो था नहीं। वहाँ वालों ने तो यही कहा कि किसी गाड़ी-वाड़ी के नीचे आ गया लगता है। मैंने पूछा कि थाने में जाकर इस बात का पता लगाने से कुछ फायदा होगा? वे बोले, "कौन-सा लावारिस कुत्ता कहाँ कुचला, इस बात का लेखा-जोखा रखने से ज़्यादा जरूरी काम पुलिस के सामने है।" मैंने सलाह दी, "आप दूसरा कुत्ता ले आइए।" तो कहने लगा कि "मुझे इसी से मोह हो गया था। अब किसी दूसरे कुत्ते के साथ यह बात थोड़े ही हो सकती है..."

मैं अपनी टाँगें ऊपर समेटे खाट पर था और सलामानो मेरे सामने मेज के पासवाली कुर्सी पर घुटनों पर हाथ रखे बैठा था। घिसा-घिसाया-सा मुचड़ा फेल्ट हैट सिर पर विराजमान था। वह अपनी पीली-पीली गन्दी मूँछों की ओट में जाने क्या-क्या बुदर-बुदर बोले जा रहा था! मुझे उसकी उपस्थिति काफी उबानेवाली लगी, मगर न तो नींद आ रही थी और न ही कुछ करने को था, अत: कुछ न कुछ बातचीत चलाए रखने के लिए मैं कुत्ते के बारे में ही उल्टे-सीधे सवाल पूछता रहा—कितनों

दिनों से कुत्ता उसके पास था, इत्यादि। बताया, बीवी के मरने के बाद से यह कुत्ता ही उसका साथी रह गया था। शादी काफी देर से की। जवानी के दिनों में नाटक में जाने की बड़ी इच्छा थी। अपनी फौजी नौकरी में भी रेजिमेंट के नाटकों में अकसर ही भाग लिया। कहना तो सबका यही था कि काफी अच्छा काम कर लेता था। खैर, आखिर में रेलवे में नौकरी कर ली। अब उसे सबसे कोई शिकायत नहीं है, क्योंकि बँधी-बँधाई, थोड़ी-बहुत पेंशन चली आती है। पत्नी के साथ कभी मन नहीं मिला, लेकिन हाँ, दोनों एक-दूसरे के हिमाब से ढल जरूर गए थे। उसके मरने के बाद बड़ा सूना-सूना भी लगा। रेलवे के एक साथी की कुतिया ने ठीक उन्हीं दिनों बच्चे दिए थे, उसी ने यह कुत्ता लाकर दे दिया। यही सोचकर रख लिया कि चलो, एक साथ हो जाएगा। शुरू में तो बच्चों को दूध पिलानेवाली बोतल में खिलाना-पिलाना पड़ा। चूंकि कुत्ते की जिन्दगी आदमी से थोड़ी होती है इसलिए दोनों का बुढ़ापा साथ-साथ आया।

"बड़े झक्की स्वभाव का जानवर था!" सलामानो ने बताया, "अकसर ही हम लोगों में बाकायदा झगड़े हो जाते थे। मगर था कुत्ता अच्छा।"

मैंने भी कहा, "शक्ल से तो किसी अच्छी नस्ल का लगता था।" इससे बूढ़ा बहुत खुश हो गया। बोला, "अरे आपने कहीं इसे बीमारी से पहले देखा होता। क्या गजब के बाल थे! सच कहता हूँ उसमें कोई लाख रुपये की चीज थी तो वे थे उसके बाल। उसका रोग दूर करने के लिए मैंने क्या-क्या नहीं किया! खाज होने के बाद तो मैंने रात-रात भर मल्हम की मालिश की है। मगर उसकी असली बीमारी तो बुढ़ापा थी और इस बीमारी का धरती पर कोई इलाज नहीं है।"

तभी मुझे जँभाई आ गई। सलामानो ने कहा, "अब चलूँगा।" मैं बोला, "रुकिए न, सचमुच आपके कुत्ते के लिए मुझे बड़ा अफसोस है।" इस पर मुझे धन्यवाद देकर बताने लगा कि मेरी 'बेचारी माँ' को भी उस कुत्ते से बड़ा प्रेम था। उसने शायद यही सोचकर मेरी माँ के आगे 'बेचारी' विशेषण लगाया था कि मुझे उसकी मृत्यु का बड़ा सदमा होगा। जब मैं कुछ नहीं बोला तो बड़ी जल्दी-जल्दी और हिचकिचाते हुए उसने बताया कि मेरी माँ को आश्रम में भेज देने पर सड़कवाले जाने क्या-क्या उलटा-सीधा कह रहे हैं। "लेकिन मुझसे तो कोई बात नहीं छिपी। मुझे तो पता है कि माँ के लिए हमेशा से तुम्हारे मन में कैसी श्रद्धा थी।"

मैं आज तक नहीं जानता कि उसकी इस बात के जवाब में मैंने क्यों ऐसा कहा था कि बड़ा ताज्जुब है मेरे बारे में लोग ऐसा बुरा सोचते हैं! माँ को साथ रख पाना मेरे बूते के बाहर की बात थी, इसलिए किसी न किसी आश्रम में भेज देने के सिवा कोई चारा नहीं था। कहा, "बहरहाल यहाँ भी वर्षों वे मुझसे एक शब्द नहीं बोलती थीं। मैं भी देखता था कि कोई बातचीत करनेवाला नहीं है, इसलिए सारे दिन झाड़ू-बुहारी ही करती रहती हैं।"

"सही बात है," वह बोला, "आश्रम में तो अनेक यार-दोस्त भी बन जाते हैं।"

वह उठ खड़ा हुआ। कहने लगा, "बहुत वक्त हो गया। अब जाकर सोऊँगा।" फिर बताता रहा कि इस नई हालत में तो जिन्दगी मुहाल हो जाएगी। सलामानो के साथ अपने परिचय में पहली बार मैंने उससे हाथ मिलाने के लिए आगे बढ़ाया। अब भी मन में बड़ी हिचक और हाथ बढ़ाने के ढंग में झेंप थी। मिलाते ही लगा जैसे उसकी खाल पर मछलियों

की खाल जैसे खुरदरे पत्थर है। दरवाजे से बाहर निकलते-निकलते वह पलटा और हल्की मुस्कराहट से बोला—

"चलो, यह तो है कि आज रात कुत्ते नहीं भौंकेंगे। जब-जब मैं इनका भौंकना सुनता हूँ, मुझे हमेशा लगता है मानो मेरे कुत्ते का भौंकना सुनाई... ।"

छह

उस दिन रविवार था और सुबह जागना भी एक मुसीबत लग रहा था। मेरी ने मेरे कन्धे पकड़कर झकझोरे और नाम ले-लेकर जोर-जोर से पुकारा, तब कहीं जाकर मैं उठा। चाहते थे कि जितनी जल्दी हो सके, समुद्र के पानी में जा कूदें, इसलिए नाश्ते-वाश्ते की फिक्र छोड़ दी। सिर में हल्का-हल्का दर्द था शायद इसलिए पहली सिगरेट का स्वाद भी कड़ुवा-कड़ुवा लगा। मेरी कहने लगी कि शक्ल से मैं गमी में स्यापा करनेवालों जैसा लगता हूँ। मैं खुद बड़ा टूटा-टूटा और ढीला महसूस कर रहा था। वह सफेद कपड़ों में थी। बाल खुले थे। मैंने कहा, "तुम तो इस वेश में खंजर चला रही हो!" सुनकर वह खिलखिलाकर हँस पड़ी।

निकलते हुए हमने रेमंड का दरवाजा जोर से खटखटाया। वह भीतर से ही चिल्लाकर बोला, "तुम लोग चलो। मैं बस अभी आया।" एक तो तबीयत यों ही ढीली थी, फिर ऊपर से हमने आज कमरे की चिकें डाल रखी थीं। सड़क पर आते ही सुबह की तेज धूप का चौंधा घूँसे की तरह आँखों पर पड़ा।

हाँ, मेरी खुशी से थिरक-थिरक उठती थी। रह-रहकर कहती जाती, 'कैसा सुहाना मौसम है?' कुछ देर बाद मेरी तबीयत भी ठीक हो गई। लेकिन साथ ही लगा कि जोर से भूख लगी है। मेरी को बताया तो उसने मेरी बात पर कान ही नहीं दिया। उसके पास किरमिच का थैला था। इसमें हमने नहाने के जाँघिया-बनियान और तौलिया तहाकर रख लिये थे। तभी रेमंड के पीछे से दरवाजा खोलने की आवाज सुनाई दी। वह नीली पतलून, आधी बाँहों की सफेद कमीज और चटाई का हैट पहने था। मैंने देखा, उसकी बाँहों पर काफी बड़े-बड़े बाल हैं लेकिन नीचे खाल का रंग बड़ा गोरा है। चटाई के हैट को देखकर मेरी ही-ही करके हँसने लगी। मुझे खुद भी उसका यह हुलिया देखकर बड़ी कोफ्त हुई। मगर वह बड़ा खुश-खुश लगता था और सीटी बजाता हुआ सीढ़ियाँ उतर रहा था। मुझे देखकर स्वागत में बोला, "कहो यार!" मेरी की ओर देखकर बोला, "कहिए श्रीमतीजी..."

पिछली शाम मैं और रेमंड दोनों थाने गए। मैंने रेमंड की तरफ से गवाही दी कि लड़की ने उसके साथ धोखा किया है। पुलिसवालों ने मेरी गवाही की तसदीक भी नहीं की और फिर कभी ऐसी हरकत न करने की चेतावनी देकर उसे छोड़ दिया।

हम लोग कुछ देर दरवाज़े की सीढ़ियों पर खड़े-खड़े सलाह करते रहे। तय पाया कि बस लेंगे। यों पैदल चलने के लिहाज से भी समुद्रतट ज़्यादा दूर नहीं है, लेकिन सोचा, जितनी जल्दी पहुँचें उतना ही अच्छा है। बस-स्टाप की ओर बढ़ने को ही थे कि रेमंड ने मेरी आस्तीन खींचकर धीरे से कहा, "सड़क के उस पार देखो।" मैंने देखा, तम्बाकूवाले की खिड़की के सामने कुछ अरब चक्कर काट रहे हैं। ये लोग अपने खास अरबी अन्दाज से हमें इस तरह घूरे जा रहे थे मानो

हम लोग बेजान-पत्थर के ढोके या पेड़ हों। रेमंड ने फुसफुसाकर बताया कि बाईं तरफ से दूसरा वाला अरब 'वही आदमी' है। रेमंड काफी परेशान दिखता था, मगर बताता फिर भी यही रहा कि उस बात को तो जाने कितने दिन गुजर गए हैं। मेरी की समझ में इसकी बातें नहीं आ रही थीं। उसने पूछा, "क्या मामला है?"

मैंने बताया कि सड़क के उस ओर जो अरब खड़े हैं, उनकी रेमंड से अदावत है। वह फौरन ही वहाँ से चल पड़ने की जिद करने लगी। इस पर रेमंड ने हँसकर बेफिक्री से कन्धे झटके और बोला, "मेरी ठीक कहती है। यहाँ अटके रहने में आखिर तुक क्या है?" बस-स्टाप के लिए आधा रास्ता पार कर लिया तो कनखियों से पीछे देखा। बोला, "नहीं, वे लोग पीछा नहीं कर रहे।" मैंने भी घूमकर देखा, वे लोग ज्यों के त्यों खड़े, अपनी सूनी-हरी निगाहों से उस जगह को ताके जा रहे थे जहाँ अभी-अभी हम लोग खड़े थे।

बस में बैठ चुकने पर लगा, रेमंड ने सुख की साँस ली। मेरी को खुश करने के लिए उससे चुहल करता रहा। मैंने देखा कि मेरी उससे प्रभावित है। लेकिन वह मुश्किल से बोली एकाध शब्द ही। रह-रहकर उसकी आँखें मेरी आँखों से मिल जातीं तो हम दोनों मुस्करा पड़ते।

अल्जीरिया से बाहर ही हम लोग उतर पड़े। समुद्रतट बस-स्टाप से ज़्यादा दूर नहीं है। पठार-जैसी उभरी हुई जमीन का टुकड़ा पार करते ही सामने समुद्र है। यह पठार समुद्र के एकदम सिरे पर ऊपर ही जाकर खत्म होता है और फिर नीचे किनारे की रेती तक खड़ा ढलान है। पठार की जमीन पर पीली मिट्टी और जंगली नरगिस फैली है। इन बर्फ के गोले-जैसे सफेद-सफेद फूलों के फैलाव के पीछे नीला-नीला आसमान छाया दिखता है। जब दिन बहुत गर्म हो उठते

हैं तो यह आसमान ठोस धातु की झलमलाहट-जैसा लगने लगता है; आज भी वैसा ही लग रहा था। मेरी हाथ के थैले को सर्र-सर्र फूलों में आगे-पीछे झुलाती, चारों ओर पंखुड़ियों की वर्षा करती, नाचती-किलकती चल रही थी। आगे जाकर हम लोग दोनों ओर बने छोटे-छोटे मकानों की कतारों के बीच से गुज़रे। इन मकानों के बारजे काठ के बने थे और अहाते के कठघरे सफेद या हरे पुते थे। कुछ मकान तो झाउओं की बेडौल झाड़ियों के पीछे छिप-से गए थे। बाकी पथरीले पठार पर अकेले-से खड़े थे। इस सड़क के समाप्त होने से पहले ही समुद्र का विस्तार दिखाई देता था। शीशे की तरह चिकना सागर सामने फैला था। दूर सामने एक बड़ा-सा अन्तरीप आगे निकला नजर आता था। उसके चारों ओर पानी में नीचे चारों ओर उसकी साँवली परछाईं थी। शान्त हवा में कहीं से मोटर का इंजन चलने की हल्की-हल्की घरघराहट आ रही थी। देखा, बहुत दूर, उस चकाचौंध करते चिकने विस्तार को चीरती एक मछली-मार नाव बड़े बेमालूम-से ढंग से सरकती चली आ रही है।

मेरी ने कुछ पहाडी नरगिस के फूल चुन लिये। समुद्र-तट को उतरने वाली ढालू पगडंडी में चलते हुए हमने देखा कि नहानेवाले पहले से रेत पर जमे हैं।

रेमंड के दोस्त का छोटा-सा बँगला एकदम तट के सिरे पर ही बना था। पिछवाड़े चट्टान थी और सामने का हिस्सा अधर में लट्ठे पर टिका था। नीचे लट्ठों से पानी थपेड़े मार रहा था। रेमंड ने दोस्त से परिचय कराया। दोस्त का नाम था, मैसन। लम्बा-तड़ंगा, चौड़े-चौड़े कन्धे और गठीला बदन। पत्नी मोटी लेकिन खुशमिजाज छोटी-सी महिला थी। उनकी बातचीत में पैरिस का लटका था।

मैसन ने तपाक से कहा कि उसे हम अपना ही घर समझें और कोई तकल्लुफ न करें। बताने लगा कि सुबह तड़के ही उठकर सबसे पहले जाकर मछलियाँ पकड़ लाया है, इसलिए आज का भोजन तली मछलियों का ही होगा। मैंने उसे उसके इस छोटे-से सुन्दर बँगले के लिए बधाई दी तो बोला कि शनि-रवि के अलावा और छुट्टियाँ भी वह यहीं बिताता है। हाँ, पत्नी भी उसके साथ ही होती है, कहीं हम लोग कुछ और न समझ लें। मैंने पत्नी की ओर देखा। मेरी की उसके साथ खूब घुट रही थी। दोनों हँस रही थीं, गप्पें लड़ा रही थीं। शायद इस सारे दौरान में अब पहली बार मैं मेरी के साथ शादी करने की बात को गम्भीरता से सोचने लगा।

मैसन की इच्छा थी कि फौरन चलकर सीधे समुद्र में तैरा जाए, लेकिन पत्नी और रेमंड हिलने को ही तैयार नहीं हुए। इसलिए हम तीनों मैं, मेरी और मैसन ही समुद्र पर पहुँचे। जाते ही मेरी तो सीधी पानी में जा धँसी, लेकिन मैं और मैसन कुछ देर रुके। मैसन जरा हकलाकर बोलता था और वाक्यों के बीच-बीच में 'तो क्या कहा?' का तकिया-कलाम लगाता था, चाहे अगले वाक्य का पिछले वाक्य से कोई सम्बन्ध हो या न हो। मेरी के बारे में बताते हुए कहने लगा—"लड़की तो गजब की सुन्दर, तो क्या कहा, आकर्षक है!"

लेकिन मैंने जल्दी ही उसकी इस हरकत की ओर ध्यान देना बन्द कर दिया और धूप सेंकने लगा। लगा, इससे मेरी तबीयत काफी ठीक हो गई। पैरों तले की रेत झुलसने लगी थी। मन होता था कि जल्दी से जल्दी पानी में कूद पड़ूँ, लेकिन एक-दो मिनट खड़ा रहा। आखिर मैसन से बोला, "तो अब घुसें?" और कहने के साथ ही पानी में कूद पड़ा। मैसन छपक्-छपक् पाँव-पाँव ही पानी में चलता चला आया—सिर से

हाथ-भर ऊँचे पानी में आ गया तो तैरने लगा। वह एक-एक हाथ मारकर अलस-भाव से बढ़ रहा था, इसलिए उसका साथ छोड़कर मैंने मेरी को जा पकड़ा। ठंडा-ठंडा पानी मन को अजब ताजगी से भर रहा था। हम लोग साथ-ही-साथ अगल-बगल तैरते काफी आगे निकल आए। मेरे और उसके हाथों और पैरों का एक ही ताल-लय पर चलना, समान उत्साह से पल-पल जल-क्रीड़ा का आनन्द लेना हम दोनों को अजब-से उल्लास से भर रहा था।

खुले विस्तार में आकर दोनों चित लेट गए। मैं ऊपर आसमान की ओर एकटक देखता रहा और धूप से उछल-उछलकर आती खारे पानी की धारा मेरे गालों और होंठों को चूमती-सहलाती रही। हमने देखा, मैसन वापस जाकर रेत पर धूप में चारों खाने चित पड़ा है। दूर से वह काफी लम्बा-चौड़ा, अच्छी-खासी व्हेल मछली-जैसा दिखता था। मेरी ने सुझाया कि 'घोड़ा-गाड़ी' की तैराकी तैरी जाए। वह आगे हुई और पीछे से मैंने अपनी बाँहें उसकी कमर में लपेट लीं। हाथों के छपाके से वह मुझे आगे खींचने लगी और पीछे से पैर चला-चलाकर मैं उसकी मदद करने लगा।

हल्के-हल्के थपेड़ों की इतनी देर से कानों में गूँजती इस आवाज से, खेल से मेरा जी भरने लगा। मैंने मेरी को छोड़ दिया और खुद गहरी-गहरी साँस लेता इत्मीनान से तैरता पीछे लौट आया। किनारे पर आकर मैसन की बगल में रेत पर मुँह टिकाकर मैं भी पेट के बल लेट गया। उसे बताया, "बड़ा मजा आया।" वह बोला, "जरूर आया होगा।" पीछे-पीछे मेरी भी लौट आई। मैं सिर उठाकर उसे आते हुए देखने लगा। उसने बाल पीछे किए हुए थे और सागर का खारा-खारा पानी उसके शरीर पर बूँद-बूँद चमक रहा था। वह आकर एकदम

मुझसे सटकर लेट गई तो दोनों के शरीरों और धूप की गरमी से मुझे झपकी आने लगी।

कुछ देर बाद मेरी ने अपनी कुहनी से मेरी बाँह में टहोका मारकर कहा, "मैसन तो बँगले चला गया। लगता है, खाने का समय हो गया।"

भूख मुझे भी लग आई थी, इसलिए झटपट उठ बैठा। तभी मेरी ने कहा, "आज तो सुबह से लेकर अभी तक तुमने मुझे चूमा ही नहीं।" बात सही थी; यों मन में मेरे कई बार आया था। वह बोली, "आओ फिर से पानी में चलें।" और हम दोनों पानी में दौड़कर तरंगों के बीच कुछ देर औंधे लेट रहे। कुछ हाथ और तैरकर जब सिर से ऊपर पानी में आ गए तो वह दोनों बाँह मेरे गले में डालकर लिपट गई। उसकी टाँगें मेरी टांगों से गुंथ गईं और मेरा तन-मन सिहरकर रोमांचित हो आया।

जिस समय हम लोग लौटे, मैसन अपने बँगले की सीढ़ियों पर खड़ा-खड़ा हमें पुकार-पर-पुकार लगाए जा रहा था। मैं आते ही बोला, "मेरे पेट में तो भूख के मारे चूहे कूद रहे हैं।" इस पर वह तुरन्त पत्नी की ओर पलटकर बोला, "मुझे तो यह आदमी पसन्द आया।" रोटियाँ गजब की थीं। मैंने खूब डटकर मछलियाँ उड़ाईं। अन्त में भुनी बोटियाँ और आलू की कतलियाँ आईं। सब चुपचाप खाते रहे। मैसन ने एक के बाद एक कई गिलास शराब चढ़ाई। मेरा गिलास खाली भी नहीं हो पाता था कि वह फिर भर देता। कॉफी का दौर चलने तक तो मैं हल्का-हल्का झूमने लगा था, इसलिए अन्धाधुन्ध सिगरेटें फूँकनी शुरू कर दीं। रेमंड, मैसन और मैं, हम तीनों ने कार्यक्रम बनाया कि पूरा अगस्त का महीना यहाँ बिताया जाए और खर्चा आपस में बाँट लिया जाए।

अचानक मेरी बोल उठी, "मैंने कहा, आपको पता है अभी कितना समय हुआ है? कुल साढ़े ग्यारह बजे हैं।"

सुनकर हम सभी को अपार आश्चर्य हुआ। मैसन बोला, "आज दोपहर का खाना बहुत जल्दी खा लिया। लेकिन खैर, दोपहर का खाना तो अपने हाथ की बात है, जब इच्छा हो खा लो—थोड़ा आगे हुआ या पीछे।"

न जाने क्यों इस बात पर मेरी ने हँसना शुरू कर दिया। शक है उसने ज़्यादा चढ़ा ली थी।

मैसन ने पूछा कि क्या मैं उसके साथ किनारे पर घूमने जाना पसन्द करूँगा? बोला, "ये तो हमेशा दोपहर के खाने के बाद एक नींद लेती हैं। मुझे यह माफिक नहीं आता। मुझे खाने के बाद थोड़ा टहलना जरूरी है। मैं तो हमेशा समझाता हूँ कि स्वास्थ्य के लिए यह ज़्यादा अच्छा है। पर भाई, इन्हें भी अपने मन-मुताबिक चलने का हक है।"

मेरी ने रुककर धोने-पोंछने के काम में सहायता की इच्छा प्रगट की। श्रीमती मैसन मुस्कराकर बोलीं, "अच्छी बात है। लेकिन पहले इन मर्द लोगों को यहाँ से टल जाने दो।" अत: हम तीनों साथ-साथ बाहर निकल आए।

धूप करीब-करीब खड़ी पड रही थी और पानी का चौंधा आँखों में चुभ रहा था। किनारे पर अब एकदम सन्नाटा था। किनारे के सामने बँगलों और झोंपड़ियों की लाइन चली गई थी। उनमें से छुरी-काँटों के बजने की हल्की-हल्की झनझनाहट आ रही थी। चट्टानों से ऐसी भभक निकल रही थी कि साँस लेना मुश्किल लगता था।

पहले तो रेमंड और मैसन ऐसी-ऐसी चीजों और लोगों के बारे में बातें करते रहे जिनसे मैं परिचित नहीं था। हाँ, इतना जरूर जान गया कि दोनों काफी दिनों से एक-दूसरे को जानते हैं; दोनों ने कुछ समय साथ-साथ भी बिताया है। हम लोग उतरकर एकदम पानी को छूते हुए

किनारे-किनारे चलने लगे।...रह-रहकर कोई भटकी लहर आकर हमारे किरमिच के जूते भिगो जाती। खुली धूप मेरे नंगे सिर पर पड़ रही थी और दिमाग तन्द्रा से बोझिल था। इसलिए मैं कुछ भी नहीं सोच पा रहा था।

तभी रेमंड ने मैसन से कुछ कहा; मुझे स्पष्ट सुनाई नहीं दे पाया कि क्या कहा। हाँ, उसी समय मेरी निगाह नीली-नीली 'डंगरी' (कौपीन जैसा कपड़ा) पहने दोनों अरबों पर पड़ी। वे काफी दूर किनारे-किनारे हमारी ओर चले आ रहे थे। रेमंड को मैंने आँख से इशारा किया तो सिर हिलाकर वह बोला, "हाँ वही हैं।" लेकिन हम लोग जैसे चल रहे थे, उसी तरह चलते रहे। मैसन ताज्जुब करने लगा कि इन कमबख्तों ने हमारा सुराग कहाँ से पा लिया! मेरा खयाल है, इन्होंने हमें बस पकड़ते ही देख लिया था; मेरी के हाथ में किरमिच का नहानेवाला थैला भी था। लेकिन मैं मुँह से कुछ नहीं बोला।

अरब लोगों की चाल बहुत तेज नहीं थी, लेकिन अब वे हमारे काफी पास आ लिये थे। रेमंड बोला, "देखो, अगर कोई झगड़ा-टंटा हो तो मैसन तुम दूसरे वाले को सँभालना। अपने वाले को मैं समझ लूँगा। और म्योरसोल, तुम मदद के लिए तैयार रहना। अगर कोई तीसरा आए तो उमसे निपटना।"

"अच्छी बात है," मैंने कहा। मैसन ने हाथ जेब में ठूँस लिये।

रेती आग जैसी तप रही थी। मुझे तो सिन्दूर जैसी दहकती लगी। हमारे और अरबों के बीच का फासला कुछ कदम ही रह गया तो वे दोनों रुक गए। मैंने और मैसन ने चाल धीमी कर दी। रेमंड सीधा अपने वाले अरब के सामने जा पहुँचा। उसने क्या कहा, यह तो सुनाई नहीं दिया, लेकिन देखा, अरब ने अपना सिर कुछ इस तरह झुकाया, मानो रेमंड की छाती पर प्रहार करने वाला हो। मैसन को पुकारकर रेमंड

चीते की तरह उस पर टूट पड़ा। उधर मैसन अपने शिकार पर झपटा और सारी ताकत के साथ दो घूँसे ऐसे रसीद किए कि वह कटे पेड़ की तरह पानी में औंधा जा गिरा। कुछ देर यों ही निश्चल पड़ा-पड़ा अपने सिर के चारों ओर पानी की सतह पर बुलबुले छोड़ता रहा। इधर रेमंड अपने आदमी को दनादन मारे चला जा रहा था। उसके सारे चेहरे पर खून की धारियाँ बह रही थीं। उसने कनखियों से मेरी तरफ देखकर कहा, "जरा निगाह रखना। बस थोड़ी-सी कसर और बाकी रह गई है।"

"अरे देखो, देखो," मैं चिल्ला उठा, "चाकू! चाकू!"

लेकिन अफसोस, तीर हाथ से निकल चुका था। अरब ने 'घच्च-घच्च' रेमंड की बाँह और मुँह तब तक चाकू से गोद डाले थे।

मैसन उछलकर सामने आ गया। दूसरा अरब पानी से निकलकर चाकूवाले की आड़ में आ खड़ा हुआ था। हममें में किसी की हिम्मत नहीं पड़ी कि अपनी जगह से हिलें-डुलें। दोनों अरब, हमारी ओर चाकू ताने, हमें एकटक देखते धीरे-धीरे पीछे हटने लगे। जब इतनी दूर पर पहुँच गए कि खतरा नहीं रहा तो झटके से पलटे और सिर पर पाँव रखकर भाग खड़े हुए। धूप सिर पर थपेड़े मार रही थी और हम लोग स्तब्ध खड़े थे। रेमंड की घायल बाँह से खून टपक रहा था। उसने कुहनी के ऊपर बाँह को जोर से भींच लिया था।

मैसन ने एक डॉक्टर के बारे में बताया कि वह हमेशा रविवार की छुट्टी यहीं समुद्रतट पर आकर बिताया करता है। रेमंड ने कहा, "तब तो अच्छा है। एकदम सीधे वहीं चलें।" अभी बात भी पूरी नहीं कर पाया था कि मुँह के घाव से खून के बुलबुले फटने लगे।

इधर-उधर से हम दोनों ने उसे कन्धों का सहारा दिया और बँगले पर ले आए। यहाँ आ चुके तो रेमंड कहने लगा कि घाव ऐसे

ज़्यादा गहरे नहीं हैं और वह खुद ही डॉक्टर के यहाँ चला जाएगा। देखते ही मेरी का चेहरा तो फक् पड़ गया और श्रीमती मैसन ने रोना शुरू कर दिया।

मैसन और रेमंड डॉक्टर के यहाँ चले गए। औरतों को सारी बात समझाने के लिए मैं बँगले पर ही रह गया, लेकिन इस काम में मन नहीं लगा। जरा देर में सारा जोश ठंडा हो गया, इसलिए समुद्र की ओर ताकता हुआ सिगरेट फूँकने लगा।

रेमंड को लेकर मैसन डेढ़ के करीब लौटा। बाँह पर पट्टी बँधी थी और मुँह के एक ओर, चिपकनेवाले प्लास्टर की चित्ती लगी थी। डॉक्टर ने बताया था कि चिन्ता की कोई बात नहीं है लेकिन रेमंड का चेहरा बहुत उतरा हुआ लगता था। मैसन ने उसे हँसाने की बहुत कोशिश की, लेकिन कोई असर नहीं हुआ।

सहसा रेमंड बोला, "मैं जरा एक चक्कर समुद्र की तरफ लगा आऊँ।" मैंने पूछा कि उसका इरादा किस तरफ जाने का है, तो "ताजा हवा खा आऊँ" जैसी कोई बात उसने मुँह ही मुँह में कही। मैंने और मैसन ने भी साथ जाने को कहा तो वह आपे से बाहर हो गया; बोला, "आप लोग अपना काम देखिए।" मैसन कहने लगा कि रेमंड की जो हालत है उसमें ज़्यादा जिद करना भी ठीक नहीं। खैर, जब वह निकल गया तो मैं पीछे हो लिया।

बाहर तो मानो भाड़ तप रहा था। रेत और पानी पर धूप ने जैसे लपलपाती आग की लपटों का चँदोवा तान दिया था। हम लोग काफी देर चलते रहे। लगा, रेमंड किसी निश्चित लक्ष्य की ओर जा रहा है; कम से कम उसे पता जरूर है कि कहाँ जा रहा है। लेकिन हो सकता है मुझे यों ही भ्रम हो गया हो।

तट जहाँ समाप्त होता है, वहाँ पानी की एक पतली-सी धारा है। यह धारा भारी चट्टान के पीछे निकलकर रेत में नाली-सी काटती हुई समुद्र में जा मिली है। यहाँ देखा, अपने वही दोनों अरब, नीली-नीली कन्थी पहने रेत पर लेट लगा रहे हैं। इस समय तो ऐसे निरीह लगते थे मानो उनके मन में कोई हिंसा-द्वेष ही न हो। हमें अपनी ओर आता देखकर भी वे हिले-डुले नहीं। जिसने रेमंड को घायल किया था वह बिना मुँह से कुछ बोले उसे एकटक देख रहा था। दूसरा छोटी-सी बाँसुरी पर सरगम के तीन सुर निकाल रहा था, कनखियों से हमें देखते हुए वह बार-बार यही सुर बजाता रहा।

कुछ देर कोई भी नहीं हिला। उन तीनों सुरों और झरने की कल-कल को छोड़कर चारों ओर धूप और सन्नाटे का साम्राज्य था। अब रेमंड का हाथ पिस्तौल के खोल पर आ गया। लेकिन दोनों अरब अब भी निश्चल रहे। देखा, बाँसुरी बजानेवाले अरब के पाँव के दोनों अँगूठे समकोण बनाते-से बाहर की ओर निकले हुए हैं।

आँखें अपने 'शिकार' से हटाए बिना ही रेमंड ने मुझसे पूछा, "कहो तो भून दूँ इसे?"

मेरा दिमाग बिजली की तेजी से काम करने लगा—अगर इसे मना करता हूँ तो मन की इस हालत में जरूर यह भड़ककर पिस्तौल चला बैठेगा। इसलिए उस समय एकदम जो सूझा वही बोल उठा, "अभी तक तो यह तुमसे कुछ नहीं बोला। यों बिना चेताए अचानक किसी पर गोली चलाना शान के खिलाफ बात है।"

फिर एकदम सन्नाटा छा गया। हाँ, वह झरने की कलकल और स्तब्ध तपी हवा में ताना-बाना बुनती बाँसुरी की धुन जरूर गूँजती रही। आखिर रेमंड बोला, "अच्छा अगर तुम्हारा यही खयाल है तो अभी

इसे एकाध गाली-वाली देता हूँ। पलटकर इसने जबान भी खोली कि बस मैं गोली..."

"ठीक।" मैंने कहा, "लेकिन जब तक वह खुद अपना चाकू न निकाले तुम्हें गोली चलाने की कोई ज़रूरत नहीं।"

रेमंड के अंग कसमसाने लगे। बाँसुरीवाला अरब बाँसुरी बजाए चला जा रहा था। दोनों हमारी हर गतिविधि पर निगाह बनाए थे।

"अच्छा सुनो," मैंने रेमंड से कहा, "यह पिस्तौल तो दो मुझे, और तुम जाकर उस दाहिनेवाले को सँभालो। दूसरे ने जरा भी शैतानी की या चाकू-वाकू निकाला तो मैं समझ लूँगा।"

रेमंड ने रिवाल्वर मुझे पकड़ाया तो एक बार धूप का चौंधा उस पर पड़कर उछला। लेकिन अभी तक हिला अपनी जगह से कोई भी नहीं था। लगता था जैसे हर चीज चारों तरफ से हमें इस तरह दबाकर भीचे हुए है कि उंगली तक नहीं हिलाई जा रही। बिना निगाह हटाए हम लोग बस एक-दूसरे को देखे चले जा रहे थे। उस एक क्षण को ऐसा लगा मानो इस छोटी-सी रेत की पट्टी पर, धूप और पानी के बीच, बाँसुरी और झरने की कल-कल के दुहरे सन्नाटे के बीच आकर सारे संसार की गति रुक गई है, सारा विश्व स्तब्ध रह गया है। और तभी मेरे मन में आया, गोली चलाओ या न चलाओ, नतीजा तो मूलत: दोनों का एक ही है; कतई कोई फर्क नहीं पड़ता।

अचानक देखा, दोनों अरब गायब हो गए। दोनों छिपकलियों की तरह चट्टान की आड़ में सरककर नौ-दो-ग्यारह हो गए थे। हारकर मैं और रेमंड मुड़े और वापस लौट पड़े। अब वह काफी खुश दिखता था और यह बता रहा था कि लौटने के लिए बस कौन-सी लेनी होगी।

बँगले पहुँचे तो खट्-खट् करता रेमंड काठ की सीढ़ियाँ चढ़कर

ऊपर चला गया। मैं नीचे ही खड़ा रहा। धूप सिर में हथौड़े की तरह ठक-ठक कर रही थी। हिम्मत नहीं हो रही थी कि ये सीढ़ियाँ चढ़ूँ, फिर ऊपर जाकर महिलाओं के साथ हा-हा ही-ही करूँ। मगर यहाँ गरमी इतनी भीषण थी कि आसमान से बरसती आँखें फोड़नेवाली आग की बाढ़ में यहाँ खड़े रहना और भी जानलेवा था। एक जगह खड़ा रहूँ या चलता रहूँ, फर्क नहीं था; गरमी और धूप तो कम होगी नहीं। सो कुछ देर बाद मैं वापस समुद्र पर ही आ गया और यों ही टहलने लगा।

जहाँ तक निगाह जाती थी वहीं लाल-लाल भभक फैली थी। भरी-भरी-सी लहरें दम तोड़ती हिचकियों के साथ दहकती रेत पर सिर पटक रही थीं। तट के सिरे पर ढोकों और चट्टानों की ओर चलते हुए मुझे ऐसा लगा जैसे धूप के मारे मेरी दोनों कनपटियाँ सूज आई हैं। मानो मुझे रोकने की जिद में धूप मेरे सिर पर चढ़ बैठी है और दबोचे चली जा रही है और यह दहकती लपट, बर्मे की तरह माथा फोड़कर छेदकर डालेगी। मैंने दाँत भींच लिये। पतलून की दोनों जेबों में मुट्ठियाँ कस गईं—और शरीर का रेशा-रेशा इस धूप, तथा धूप के प्रभाव द्वारा मेरे भीतर भरते अन्ध-उन्माद से मोर्चा लेने को तनकर खड़ा हो गया। जब-जब रेत में किसी काँच के टुकड़े या सीपी पर पड़कर धूप का तेज कौंधा ऊपर लपकता, मेरे जबड़े और भी कस जाते। मैं यों हार नहीं मानूँगा। यह धूप मेरा कुछ नहीं बिगाड़ सकती। और मैं दृढ़तापूर्वक चलता रहा।

समुद्रतट पर काफी दूर जाकर चट्टान का काला-काला कूबड़ दिखाई दे रहा था। उसके चारों ओर कौंध मारती धूप की सफेदी और रोओं जैसी घास का घेरा खिंचा था, लेकिन मेरे मन में तो उसके पीछे बहते स्वच्छ-शीतल झरने का ही सपना झलमला रहा था और बहते पानी की कल-कल सुनने को मन छटपटा रहा था। ऐसा कुछ पाने और

करने की कसमसाहट हो रही थी जिससे इस चौंधे से; रोती औरतों के चेहरों से, दुनिया भर की जद्दोजेहद और चिन्ता-परेशानी से छुटकारा पा सकूँ, इस सबको झपटकर फेंक सकूँ। मन ललक रहा था कि जैसे भी हो चट्टान के पार की उस छतनारी छाँह और दिव्य-शान्ति को एक बार जी भरकर गले लगा लूँ...।

लेकिन वहाँ पहुँचकर देखा कि वह रेमंडवाला अरब वापस लौट आया है। इस बार अकेला ही था। सिर के नीचे दोनों हाथ लगाए चित लेटा था। चेहरे पर चट्टान की छाया थी, बाकी शरीर पर धूप पड़ रही थी। उसकी कन्थी (डूँगरी) से भाप निकलती दिखाई दे रही थी। एक बार तो मैं सकपका उठा। मेरा तो खयाल था कि मामला रफा-दफा हो गया। इसलिए इधर आते हुए इस बात की रत्ती-भर भी आशंका नहीं हुई।

मुझे देखते ही अरब जरा-सा उठा। जैसे ही उसका हाथ जेब की ओर बढ़ा कि मेरी अँगुलियाँ भी अपने कोट की जेब में पड़े रेमंड की पिस्तौल पर अपने-आप कस गईं। अब अरब बिना जेब से हाथ निकाले फिर वापस लेट गया। मेरे और उसके बीच की दूरी दसेक गज तो रही ही होगी, शायद इसीलिए वह मुझे धूप के धुन्ध में थर-थर काँपती धुँधली-धुँधली छाया जैसा दीख रहा था। फिर भी रह-रहकर उसकी अधमुँदी पलकों के बीच आँखों की पुतलियाँ चमक उठती थीं। लहरों के छपाके अब दोपहर की अपेक्षा काफी कम और कमजोर लगते थे। लेकिन धूप ज्यों की त्यों थी और रेत के लम्बे फैलाव से लेकर इस चट्टान तक धरती को मानो निर्दयता से खूँदे डाल रही थी। लगता था, दो घंटे से सूरज अपनी जगह से टस-से-मस नहीं हुआ है और पिघले फौलाद के सागर में जाकर निस्तेज-निश्चल पड़ गया है। बहुत दूर क्षितिज पर एक जहाज चला जा रहा था। अरब पर अपनी

निगाहें जमाए हुए भी मैं कनखी से जहाज के उस काले-काले धब्बे को सरकते देख लेता था।

हठात् मन में उठा, क्यों न झटके से पलटकर यहाँ से लौट पड़ूँ, इस सारे झमेले को दिमाग से झाड़ फेंकूँ; किस्सा ही खत्म हो जाए। लेकिन गरमी से खदबद-खदबद करता वह सारा समुद्रतट मुझे पीछे से भींचे चला जा रहा था। मैं झरने की दिशा में कुछ कदम और आगे बड़ा। अरब अब भी नहीं हिला। हम लोगों के बीच अब भी कुछ फासला था। शायद चेहरे पर पड़ती छाया के कारण मुझे ऐसा लगा जैसे वह मुझे देखकर मुँह बिचकाकर हँस रहा हो।

मैं रुका। तपन से गाल झुलसने लगे, भौंहों पर पसीने की बूँदें घनी हो आईं; हू-ब-हू वैसी ही तपन थी जैसी माँ की अन्त्येष्टि के समय महसूस हो रही थी। माथे के भीतर खासतौर से मुझे एकदम वही बेचैनी और वही अकुलाहट लग रही थी और ऐसा लगता था जैसे माथे की सारी-की-सारी नसें तड़ककर बाहर फट पड़ेंगी। जब इस सबको सह पाना बूते से बाहर हो गया तो एक कदम और आगे बढ़ा। मैं अच्छी तरह जानता था कि यह सरासर बेवकूफी है एकाध गज बढ़कर इस धूप से बचाव नहीं होगा—लेकिन कदम बढ़ चुका था। और मेरे कदम का बढ़ना था कि अरब ने फुर्ती से धूप चीरता चाकू खोलकर मेरी छाती पर तान दिया।

इस्पात के चमचमाते फल से बिजली की एक लपट कौंधी और उसके साथ ही मुझे ऐसा लगा मानो किसी ने मेरे माथे में भाला घोंप दिया हो। ठीक उसी समय भौंहों पर इतनी देर का इकट्ठा सारा पसीना, कुहरे के गुनगुने परदे की तरह पलकों पर ढुलक आया। आँसू और पसीने के परदे ने मुझ अन्धा बना दिया। मुझे होश था तो सिर्फ इतना

कि भाँय-भाँय करती धूप मेरी खोपड़ी कूट रही है। दूसरा होश बस यह था कि चाकू से लपकती रोशनी की तेज धार मेरी पलकों को चीरती नुकीले बरमे की तरह पुतलियों में सूराख किए दे रही है।

तब सब कुछ मेरी आँखों के सामने चकरघिन्नी की तरह भन्ना उठा। समुद्र से आग की लपटों का एक झोंका आया और सारा आसमान इस सिरे से उस सिरे तक कड़कड़ाकर दो टूक हो गया और इस दरार के बीच से आग की लपटों का एक अम्बार घरघराकर टूट पड़ा। शरीर की एक-एक रग फौलादी कमानी की तरह तन उठी और रिवाल्वर की जकड़ कस गई। घोड़ा दबा और रिवाल्वर के हत्थे का चिकना-चिकना तला मेरी हथेली पर टक्कर मार उठा—"धाँय!" और तब चाबुक की 'सड़ाक्' की तरह देखते-देखते सब कुछ घटित हो गया। पसीने और धूप का जो परदा मुझे जकड़े था उसे मैंने झटके से फाड़ फेंका। जानता था कि मेरा दिमाग चकरा उठा है और मैं अपने आपे में नहीं हूँ। अपनी हरकत से सागरतट की व्यापक शान्ति को मैंने चूर-चूर कर डाला है उस शान्ति और सुख को जिस पर मैं आज सारे दिन खुश था...धाँय! धाँय! उस निर्जीव और बेहरकत शरीर पर मैंने चार गोलियाँ और चलाईं, लेकिन कोई असर-नहीं दिखाई दिया। वह जैसा-का-तैसा पड़ा रहा। हाँ, एक के बाद एक हर गोली का धमाका मेरे सत्यानाश के दरवाज़े पर भीषण कर्णभेदी दस्तक की तरह पड़ता रहा...।

दूसरा भाग

एक

गिरफ्तारी के एकदम बाद ही मुझसे अनेक बार सवालात किए गए। लेकिन यह सारी पूछताछ नाम और वल्दियतवाली खानापूरी की पूछताछ थी। पहले-पहल ये सवाल-जवाब हुए थाने में; लेकिन मुकदमे में यहाँ किसी को खास दिलचस्पी नहीं लगी। हफ्ते-भर बाद जब जाँच-मजिस्ट्रेट के सामने पेशी हुई तो लगा कि उसने प्रकट उत्सुकता से मेरा मुआयना किया। औरों की तरह उन्होंने भी सबसे पहले नाम, वल्दियत, जरियाए-माश (पेशा), पैदाइशी तारीख और स्थान से पूछताछ शुरू की। इस सारी जानकारी के बाद सवाल किया, "तुमने अपनी पैरवी के लिए वकील कर लिया?" मैंने बताया, "जी नहीं।" मेरा कभी इस तरफ खयाल भी नहीं गया था; इसलिए पूछा कि क्या मुझे वाकई वकील कर लेना चाहिए? तो वे बोले, "यह भी कोई पूछने की बात है?" मैंने कहा, "मुझे तो अपना मुकदमा बड़ा सीधा-सादा लगता है।" मुस्कराकर मजिस्ट्रेट साहब ने जवाब दिया, "खैर, तुम्हें लग सकता है। लेकिन हम लोगों को तो कानून के मुताबिक ही चलना

पड़ता है। तुम वकील नहीं लगाओगे तो अदालत तुम्हारे लिए वकील का इन्तजाम कर देगी।"

वाह! यह इन्तजाम तो खूब है। इन छोटी-छोटी बातों का भी अदालत को इतना खयाल है। मैंने यह बात मजिस्ट्रेट साहब को बताई तो उन्होंने भी स्वीकार किया कि कानून सर्वव्यापी, सर्वशक्तिमान है और उससे जो चाहो सो हो सकता है।

पहले-पहल तो मैंने भी उनकी बातों की ओर खास ध्यान नहीं दिया। जिस कमरे में उन्होंने मुझसे सवाल-जवाब किए थे, वह देखने में सामान्य बैठक-जैसा लगता था—खिड़कियों पर परदे थे और डेस्क पर एक लैम्प रखा था। मजिस्ट्रेट साहब ने मुझे बैठने को जो कुर्सी दी उस पर तो इस लैम्प की रोशनी पड़ती थी, लेकिन खुद उनका चेहरा अंधेरे में रहता था। मैंने इस तरह के दृश्यों के अनेक विवरण पुस्तकों में पढ़ रखे थे। शुरू-शुरू में तो यह सब खिलवाड़-सा लगा। हाँ, इस बातचीत के बाद मैंने मजिस्ट्रेट को जरा गौर से देखा—तीखे नक्शवाला लम्बा-सा आदमी, गहरी नीली-नीली आँखें, बड़ी-बड़ी खिचड़ी मूँछें और सिर पर घने-घने तुषार-धवल केश। लगा, आदमी शक्ल से बहुत ही समझदार, विद्वान और सब मिलाकर पसन्द आने लायक है। बस, एक ही चीज थी जिसने मेरा मन खराब कर दिया। थोड़ी-थोड़ी देर बाद उनके मुँह पर एक बीभत्स-सी ऐंठन उभर उठती थी। लेकिन यह भी एक ऐसी मुद्रा दीखती थी जो 'च्च' कहते समय लोगों के मुँह पर अपने-आप आ जाती है। बाहर निकलते समय मैं उनकी ओर मिलाने के लिए हाथ बढ़ाते और 'नमस्कार' कहते-कहते रुक गया। ऐन मौके पर याद आ गया कि मैं तो एक आदमी की हत्या के अपराध में यहाँ लाया गया हूँ।

अगले दिन मेरी कोठरी में ही एक वकील-साहब तशरीफ ले आए— ठिगने, गोल-मटोल छोकरे-से आदमी—सिर पर तेल से चमकते काले-काले बाल। मैं पूरी बाँहों की कमीज पहने था, लेकिन वे भीषण गर्मी के बावजूद काला सूट, सख्त कॉलर और चौड़ी-चौड़ी काली-सफेद धारियोंवाली भड़कीली टाई डाटे थे। मेरी खाट पर अपना थैला रखकर उन्होंने अपना परिचय दिया। बताया कि मेरे मुकदमे के कागजात उन्होंने निहायत गौर से पढ़े हैं। उनकी राय से मुकदमे में काफी होशियारी बरतने की ज़रूरत है और हाँ, मैं अगर उनकी सलाह मानता चलूँ तो छूट जाने की पूरी-पूरी गुंजाइश है। मैंने धन्यवाद दिया तो बोले, "अच्छा, तो आइए अब काम शुरू कर दिया जाए।"

मेरी खाट पर बैठकर उन्होंने बताया कि अदालत की तरफ से मेरे व्यक्तिगत जीवन के बारे में तहकीकात की जा रही है। इस बात की सूचना मिल गई है कि अभी-अभी एक आश्रम में मेरी माँ की मृत्यु हुई है। 'मोरेंगो' में हुई तफ्तीश में पुलिस ने बताया कि माँ की अन्त्येष्टि में मैंने बड़ी 'हृदय-हीनता' दिखाई।

"एक बात समझ रखो," वकील साहब बोले, "इस तरह की बातों के बारे में तुमसे पूछताछ करने में मुझे कतई अच्छा नहीं लग रहा, लेकिन यह चीज बड़ी महत्त्वपूर्ण हो गई है। तुम्हारे ऊपर इलजाम है 'हृदयहीनता और बेहयाई' का, अब जब तक मैं इस आरोप का जवाब देने का कोई रास्ता न निकाल लूँ, बचाव करने में बड़ी दिक्कत हो जाएगी। और इस मामले में कोई दूसरा नहीं, तुम और अकेले तुम ही मेरी मदद कर सकते हो।"

इतनी भूमिका के बाद ही उन्होंने सवाल कर डाला कि उस 'दुखद-अवसर' पर मुझे मन में शोक हुआ था या नहीं? बड़ा अजब

सवाल लगा। मैं तो किसी से ऐसा सवाल पूछते हुए खुद विकट धर्म-संकट में पड़ जाता। जवाब में मैंने कहा कि इधर कुछ सालों से अपने मन की भावनाओं की तरफ ध्यान देने की आदत ही छूट गई है, इसलिए इस बात का जवाब दे पाना बड़ा मुश्किल है। हाँ, यह धर्म और ईमान से कह सकता हूँ कि माँ को मैं चाहता बहुत था। लेकिन इससे क्या? इतना कह चुकने के बाद खयाल आया तो बोला, "सच बात तो यह है कि सामान्य लोग, जिन्हें प्यार करते हैं आज या कल उनके मरने की भी, थोड़ी-बहुत कामना जरूर करते हैं।" इस पर वकील साहब एकदम घबरा उठे। झट मुझे टोककर बोले, "कसम खाओ, मुकदमे में या जाँच-मजिस्ट्रेट के सामने इस किस्म की कोई बात मुँह से नहीं निकालोगे।"

उनकी तसल्ली के लिए मैंने कसम खा ली। मगर उनके सामने यह भी खुलासा कर दिया कि कभी-कभी किन्हीं खास मौकों पर मेरी भावनाएँ, मेरी शारीरिक स्थिति से प्रभावित होने लगती हैं। मसलन्, जिस दिन माँ के अन्तिम-संस्कार में गया था उस दिन यों ही आधी नींद में था, इसलिए मुझे कतई होश नहीं था कि कहाँ क्या हो रहा है। बहरहाल, एक बात का विश्वास मैंने अपने वकील साहब को दिला दिया कि मेरी तो यही इच्छा थी कि माँ अभी न मरतीं।

हाँ, वकील साहब फिर भी नाराज ही लगे। झिड़ककर बोले, "सिर्फ इतना ही तो काफी नहीं है।"

कुछ सोच-साचकर उन्होंने सवाल किया कि क्या इस बात को यों रखा जा सकता है कि उस दिन मैंने अपनी भावनाओं पर नियन्त्रण और संयम से' काम लिया?

"जी नहीं," मैंने कहा, "यह कहना सही नहीं है।"

वकील साहब ने मुझे बड़ी अजब निगाहों से देखा—मानो मेरे प्रति सहसा उन्होंने क्रोध, झुँझलाहट और विरक्ति का झटका महसूस किया हो। फिर बड़ी बेरुखी से बोले कि बहरहाल, आश्रम के अध्यक्ष और कुछ कर्मचारियों की गवाही तो हर हालत में होगी।

"और हो सकता है, यही तुम्हारा बेड़ा ले डूबे," अन्त में वे बोले।

मैंने बताया कि मेरे ऊपर लगाए गए इलजाम और माँ की मृत्यु का तो आपस में कहीं कोई सम्बन्ध ही नहीं है। तो जवाब में उन्होंने सिर्फ इतना ही कहा कि मेरी बात से लगता है, कभी कानून से मेरा वास्ता नहीं पड़ा।

और इतना कहते ही वे परेशान-से चले गए। तब मेरी इच्छा हुई कि वे कुछ देर और रुकते और मैं उनसे साफ-साफ शब्दों में कहता कि 'मुझे आपकी हमदर्दी चाहिए। इसलिए नहीं कि आप मेरा काम अच्छे ढंग से करें, बल्कि कहूँ, यों ही मन होता है कि आपकी हमदर्दी मिले।' लेकिन मैंने देखा कि मेरी बातचीत, मेरा व्यवहार और सब मिलाकर, मैं उनके लिए असहनीय हो उठा था। उनकी समझ में ही नहीं आता था कि आखिर मैं किस किस्म का आदमी हूँ, अत: उनकी झल्लाहट भी स्वाभाविक ही थी। एकाध बार मन में उठा भी कि उन्हें विश्वास दिलाऊँ मैं भी औरों-जैसा ही बहुत साधारण-सामान्य किस्म का आदमी हूँ। लेकिन वस्तुत: इससे बहुत-कुछ हाथ आना नहीं लगा तो टाल गया। टालने के पीछे भी कोई और कारण नहीं, महज आलस्य ही था।

उसी दिन इसके बाद फिर मुझे जाँच-मजिस्ट्रेट के दफ्तर में लाया गया। दोपहर के दो का समय था। इस समय तो कमरे में रोशनी भरपूर छाई थी और बेहद गर्मी थी। खिड़की पर महीन-सा परदा पड़ा था।

कुर्सी ले लेने को कहकर मजिस्ट्रेट साहब ने निहायत ही मुलायम लहजे में बताया कि कुछ 'अप्रत्याशित परिस्थिति' आ जाने के कारण

'मेरा वकील' तो आ नहीं पाएगा। उन्होंने यह भी कह दिया कि मैं चाहूँ तो उनके सवालों के जवाब अपने वकील के आ जाने के बाद दे दूँ।

इस बात के जवाब में मैं बोला, "मैं अपनी सफाई खुद दे लूँगा।" उन्होंने सामने डेस्क पर रखी घंटी का बटन दबाया तो एक नौजवान क्लर्क आकर ठीक मेरे पीछे बैठ गया। मैं और मजिस्ट्रेट साहब भी अपनी-अपनी कुर्सियों पर बैठ गए। जाँच की कार्यवाही शुरू हुई। उन्होंने बात ही यहाँ से शुरू की कि मुझे लोग 'घुन्ना और चुप्पा' आदमी समझते हैं। इस बारे में मेरी अपनी क्या राय है?

मैंने जवाब दिया, "जी, मेरे पास बोलने को होता ही बहुत कम है। इसलिए अकसर मुँह बन्द ही रखता हूँ।"

इस बार भी मजिस्ट्रेट साहब पहली बार की तरह मुस्कराए, "हाँ, यही सबसे बड़ा कारण हो सकता है। मगर खैर, यह बात कोई ऐसी महत्त्वपूर्ण है भी नहीं।"

कुछ देर चुप रहने के बाद वे सहसा आगे की ओर झुक आए और मेरी आँखों में आँखें डालकर जरा ऊँची आवाज में बोले, "मुझे तो अगर किसी में दिलचस्पी है तो वह सिर्फ तुम हो।"

उनकी मंशा मेरी समझ में नहीं आई, इसलिए कुछ नहीं बोला।

वे कहते रहे, "तुम्हारे मुकदमे की कई बातें मुझे परेशानी में डाले हुए हैं। विश्वास करूँ कि तुम उन्हें समझने में मेरी मदद करोगे?"

मैंने जवाब दिया कि दरअसल, बात तो निहायत ही सीधी और साफ है। इस पर उन्होंने सारा ब्योरा माँगा कि मैंने उस दिन क्या-क्या किया था। हालाँकि सार रूप में ही सही, मैं सारी कथा पहली भेंट में ही बता चुका था, कि कैसे मैं रेमंड से मिला, समुद्र-तट पर गया, कैसे हम लोग तैरे, कैसे मैं दुबारा समुद्र-तट पर गया और कैसे मैंने पाँच

गोलियाँ चलाईं। लेकिन यहाँ फिर उस सबको दुबारा सुनाना पड़ा। हर वाक्य के बाद वे सिर हिला-हिलाकर 'ठीक है, ठीक है।' कहते रहे। जब मैंने रेत पर पड़े उस अरब के शरीर का वर्णन किया तो वे जरा खास तौर पर गर्दन हिलाकर बोले,"बहुत ठीक।" उसी कहानी को बार-बार सुनाते-सुनाते मैं तो बहुत ही ऊब गया था। और इस समय तो ऐसा लग रहा था मानो जिन्दगी में इतना कभी नहीं बोला।

फिर कुछ देर चुप रहने के बाद मजिस्ट्रेट साहब यह कहते हुए उठ खड़े हुए कि मेरे लिए उनसे जो भी बन पड़ेगा, वे जरूर करेंगे; कि उन्हें मुझमें काफी दिलचस्पी हो गई है और भगवान् ने चाहा तो इस संकट के समय में जरूर किसी काम आएँगे। लेकिन सबसे पहले तो अभी कुछ और सवाल पूछने जरूरी हैं।

सबसे पहले उन्होंने एकदम सीधा सवाल किया कि क्या मैं अपनी माँ को प्यार करता था?

"जी हाँ," मैंने जवाब दिया, "जैसे और लोग अपनी माँ को प्यार करते हैं, मैं भी करता था।" मेरे पीछे बैठा-बैठा क्लर्क धड़ाधड़ एक गति से टाइप किए चला जा रहा था, लेकिन ठीक उसी क्षण उसकी अंगुली शायद किसी गलत अक्षर पर पड़ गई क्योंकि तभी, आवाज से लगा कि उसने कागज पीछे लौटाकर पहले का लिखा हुआ काट दिया है।

इसके बाद मजिस्ट्रेट ने एकदम दूसरा सवाल पूछ डाला कि मैंने एक के बाद एक लगातार पाँच गोलियाँ क्यों चलाईं? मुझे इस सवाल और पहले सवाल में कोई कार्य-कारण सम्बन्ध नहीं दिखाई दिया।

मैंने कुछ देर सोचा, फिर बताया कि गोलियाँ लगातार चलाई गई हों ऐसा नहीं है। सबसे पहले एक चलाई, फिर कुछ देर रुककर बाकी चार चलाईं।

"पहली और दूसरी गोली चलाने के बीच में तुम क्यों रुके?"

मुझे लगा जैसे मेरी आँखों के आगे वह सारा-का-सारा दृश्य नाच गया। समुद्रतट की वह सिन्दूरी तपन, गालों पर भभकती साँस का स्पर्श। इस बार मुझसे कोई जवाब देते नहीं बना।

मेरी इस चुप्पी के दौरान मजिस्ट्रेट साहब कभी कसमसाकर आसन बदलते, कभी बालों में अँगुलियाँ चलाते, कभी जरा-से उठकर फिर बैठ जाते। आखिर डेस्क पर कुहनियाँ टेककर वे अजीब मुद्रा बनाए मेरी ओर झुक आए।

"लेकिन क्यों? किसलिए तुम एक औंधे पड़े आदमी पर गोलियाँ दागते गए, बताओ?" उन्होंने अपने 'क्यों' और 'किसलिए' पर जोर देकर पूछा।

इस बार भी मुझे कोई जवाब नहीं सूझा।

मजिस्ट्रेट ने माथे पर हाथ फेरा और जरा-से बदले लहजे में अपना प्रश्न दुहराया, "मैं पूछता हूँ, क्यों किया तुमने ऐसा? मैं जोर देकर पूछता हूँ, मुझे कारण बताओ।"

मैं अब भी कुछ नहीं बोला।

अचानक वे उठे और सामने की दीवार के सहारे फाइलें रखने की अलमारी के पास जाकर एक दराज खींचकर खोली और उसमें से सूली-चढ़े ईसा की चाँदी की मूर्ति निकालकर हाथ में झुलाते हुए वहीं वापस आ गए।

"जानते हो, यह कौन है?" उनका स्वर एकदम बदल गया था। भावावेश से उनका गला काँप रहा था।

"जी हाँ, जानता तो हूँ," मैंने जवाब दिया।

अब तो उनका बाँध टूट गया, वे बिना साँस लिये अन्धाधुन्ध बोलते चले गए। बताने लगे कि भगवान् में उन्हें कितनी आस्था है; कि अधम-से-अधम पापी तक किस प्रकार भगवान् की क्षमा का अधिकारी

हो सकता है। लेकिन इसके लिए सबसे पहली शर्त यही है कि उसे सच्चे दिल से पश्चात्ताप करना होगा, उसे अबोध शिशु की तरह सरल हृदय और निष्ठावान होना होगा, निष्कपट भाव से भगवान् पर, उसके न्याय पर विश्वास लाना होगा। वे मेज पर आर-पार झुके पड़ रहे थे और मूर्ति को लगातार मेरी आँखों के सामने घुमाए जा रहे थे।

वस्तुत: दो कारणों से उनकी बातें समझने में मुझे दिक्कत हो रही थी। एक तो, दफ्तर में बेहद उमस थी और बड़ी-बड़ी मक्खियाँ मेरी कनपटियों के आसपास या ऊपर बैठकर भनन-भनन किए जा रही थीं; दूसरे, उनकी बातों ने मुझे जरा डरा और चौंका भी दिया था। हाँ, यह मुझे जरूर लगा कि इस तरह डरना या चौंकना बहुत बेतुका है, इन वर्तमान परिस्थितियों में और भी बेतुका इसलिए है कि लाख हो मुजरिम बनकर तो मैं आया था। खैर, वे बोलते रहे और मैं भरसक उनकी बात समझने की कोशिश करता रहा। इतनी बात मेरी समझ में आ गई कि इस सारे इकबाली-बयान में सबसे ज़्यादा ज़रूरत केवल एक बात की सफाई की है और वह यह कि दुबारा गोलियाँ चलाने से पहले मैं रुका किसलिए? बाकी सारी बातें तो खैर, एक तरह से ठीक-ठीक ही थीं। मजिस्ट्रेट साहब को चक्कर में इसी बात ने डाल रखा था।

मैं कहने लगा कि इस बात पर इतना ज़्यादा जोर देना गलत है, यह कोई ऐसी महत्त्वपूर्ण चीज़ है भी नहीं। लेकिन शब्दों का मेरे मुँह से निकलना था कि वे एकदम सीधे तनकर खड़े हो गए और बड़े सच्चे दिल से पूछने लगे कि तुम ईश्वर को तो मानते हो न? और जब मैंने कहा, जी नहीं, तो गुस्से में भरे धम्म से कुर्सी पर फिर जा बैठे।

कहने लगे कि इस बात की तो वे सात जन्म में भी कल्पना नहीं कर सकते कि कोई ईश्वर को न माने। मानवमात्र भगवान् में आस्था

रखते हैं; जो उसे कोसते और गालियाँ देते हैं वे तक उसे मानते हैं। यह उनका अडिग विश्वास था। "भगवान् की आस्था को लेकर अगर कभी रत्ती-भर भी संशय मेरे मन में आया तो समझ लेना कि मेरे जीवन का कोई अर्थ, कोई लक्ष्य नहीं रह जाएगा।" उन्होंने तैश में आकर पूछा, "तुम्हें अच्छा लगेगा कि मेरे जीवन का कोई लक्ष्य, कोई अर्थ न रहे?" मेरे भेजे में सचमुच नहीं आया कि 'मेरा अच्छा लगना', वहाँ कहाँ से आ टपका? यह बात मैंने उनसे कह भी डाली।

मैंने अभी बोलना बन्द भी नहीं किया था कि उन्होंने फिर मूर्ति को झटके के साथ ठीक मेरी नाक के नीचे बढ़ा दिया और बोले, "खैर, मैं तो ईसाई हूँ और ईश्वर से सच्चे दिल से प्रार्थना करता हूँ कि तुम्हारे पाप क्षमा करे। भैया मेरे, तुम्हें विश्वास क्यों नहीं आता कि 'उसने' तुम्हारी ही खातिर यातनाएँ सही हैं?"

उनके मुँह से 'भैया मेरे' शब्द सुनकर मुझे लगा कि उनके लहजे में सचमुच याचना का भाव है। लेकिन इस सब बकवास से मेरा जी ऊबने लगा। कमरा धीरे-धीरे और भी गरम हुआ चला जा रहा था।

जब किसी की बातचीत मुझे उबाने लगती है तो जान छुड़ाने के लिए मैं उसकी हर बात मान लेने का भाव दिखाता हूँ। यही मैंने अब किया तो मेरे आश्चर्य का ठिकाना न रहा कि मजिस्ट्रेट साहब का चेहरा दमक उठा।

"मानते हो न...मानते हो न...। अच्छा अब भी नहीं मानोगे कि तुम आस्तिक हो और ईश्वर में विश्वास करते हो?"

इनकार में जरूर मैंने सिर हिलाया होगा क्योंकि बड़े ढीले-ढाले और हताश भाव से मजिस्ट्रेट साहब फिर मरे-से भाव से बैठ गए।

कुछ देर शान्ति रही। हाँ, इस बीच टाइपराइटर ने हमारी अन्तिम बातचीत टाइप कर डाली। कहना न होगा इस सारे वार्तालाप के दौरान

टाइपराइटर की 'टप्-टप्' चालू रही। तब मजिस्ट्रेट साहब बड़े दुखी भाव से आँखें फाड़-फाड़कर मुझे गौर से देखते-परखते रहे।

"अपनी इस सारी जिन्दगी में मैंने तुम जैसा जड़ और हृदयहीन प्राणी नहीं देखा," वे बुझे स्वर में कहते रहे, "आज तक न जाने कितने मुजरिम यहाँ आए हैं। और सब-के-सब 'भगवान्' की इस यन्त्रणा-मूर्ति को देखकर फूट-फूटकर रोए हैं।"

बात मेरे होंठों तक आ-आकर रह गई कि 'वे सचमुच मुजरिम थे इसलिए जरूर रोए होंगे।' मगर तभी खयाल आया कि मैं भी तो उस कठघरे में खड़ा हूँ। पता नहीं क्यों, मन इस बात को मानता ही न था कि मैं मुजरिम हूँ।

शायद यह जताने के लिए मजिस्ट्रेट साहब उठ खड़े हुए कि बातचीत अर्थात् मुलाकात खत्म हो गई। उसी थके-बुझे परेशान-से लहजे में उन्होंने मुझसे एक आखिरी सवाल पूछा कि क्या मुझे अपने किए पर पछतावा है? कुछ देर सोचने के बाद मैंने बताया कि मुझे तो पछतावा कम और परेशानी ज़्यादा महसूस होती है। मुझे 'परेशानी' से ज़्यादा उपयुक्त शब्द ही नहीं सूझा। लेकिन लगा वे समझे ही नहीं।

उस दिन की बातचीत में मामला यहीं तक आया।

इसके बाद कई बार और, मजिस्ट्रेट साहब के सामने मेरी पेशी हुई, लेकिन हर बार वकील साहब मेरे साथ रहे। इन सब जिरहों में, मेरे पहले दिए गए बयानों की बाल की खाल निकालने के अलावा और कुछ नहीं हुआ। या फिर वकील और मजिस्ट्रेट मिलकर कानूनी गुत्थियों से माथा-पच्ची करते रहे। ऐसे मौकों पर उन्हें खयाल ही नहीं रहता था कि मैं भी वहीं बैठा हूँ। बहरहाल, जैसे-जैसे समय बीतता गया सारी जिरह का रंग ही बदलता गया। लगा, मजिस्ट्रेट साहब को

अब मुझमें कोई खास दिलचस्पी नहीं रह गई है और मेरे मुकदमे को लेकर वे मन-ही-मन कोई फैसला ले चुके हैं। इसके बाद न तो उन्होंने कभी 'भगवान्' का जिक्र ही किया और न ही वैसा कोई धार्मिक जोश ही दिखाया जिसके कारण पहली भेंट में मैं विकट धर्म-संकट में पड़ गया था। नतीजे में हमारे सम्बन्ध ज़्यादा आत्मीय हो गए। उन्होंने कुछ और सवालात किए। इस पर वकील और मजिस्ट्रेट साहब में बहस होती रही और इसके बाद मेरी पेशी खत्म हो गई। उन्होंने बताया कि मेरा मुकदमा अब 'अपना वक्त ले रहा है।' कभी-कभी बातचीत कानून से हटकर सामान्य धरातल पर आ जाती तो वकील और मजिस्ट्रेट दोनों मुझे उसमें भाग लेने को उकसाते। अब मैं ज़्यादा निश्चिन्त भाव से साँस लेने लगा था। इन दिनों उन दोनों में से किसी ने भी मेरे प्रति बेरुखी नहीं दिखाई और सब कुछ ऐसे आसान और प्रसन्न भाव से होता रहा कि मन में एक बड़ा बेतुका-सा खयाल घर करने लगा, मानो मैं भी इसी परिवार में से एक हूँ। ग्यारह महीने ये पेशियाँ चलीं और मैं सच कहता हूँ कि उनका मैं अभ्यस्त हो गया था। जिस क्षण मजिस्ट्रेट साहब अपने दफ्तर के दरवाज़े तक मुझे छोड़ने आते और बड़े दोस्ताना लहजे में मेरा कन्धा थपथपाकर कहते,"अच्छा तो 'दुश्मने-ईसा' साहब, आज बात यहीं तक रहे।" तो मुझे बेहद आनन्द आता। लगता, इससे ज़्यादा सुखकर क्षण मैंने कभी पहले नहीं देखे। इसके बाद मुझे वॉर्डरों के हवाले कर दिया जाता।

दो

कुछ ऐसी भी बातें हैं जिन पर मैंने कभी बोलना नहीं चाहा। जेल में कुछ दिनों रहकर मैंने तय कर लिया कि जिन्दगी का यह हिस्सा भी उन्हीं न बोलनेवाली बातों में से एक रहेगा। बहरहाल, जैसे-जैसे समय बीतता गया यह बात मेरे मन में जमने लगी कि इस विरक्ति का कोई ठोस आधार नहीं है और सच बात यह है कि पहले कुछ दिनों तो मुझे कभी खयाल भी नहीं आया कि मैं जेल में हूँ। हमेशा एक धुँधली-सी आशा बनी रहती कि कुछ-न-कुछ होगा और अचानक सब कुछ ठीक-ठाक हो जाएगा।

लेकिन मेरी के साथ हुई पहली और एकमात्र भेंट के बाद से ही सब-कुछ बदलने लगा। जिस दिन मुझे यह खत मिला कि जेलवाले अब मुझे दुबारा मिलने नहीं आने देंगे, मैं तुम्हारी पत्नी जो नहीं हूँ, बस, उसी दिन सचमुच मुझे महसूस हुआ कि यह कोठरी ही मेरी काल-कोठरी है, यही मेरी आखिरी मंजिल है।

गिरफ्तारीवाले दिन मुझे एक बड़े-से कमरे में और भी कई कैदियों के साथ ही रखा गया। ज़्यादातर वे अरब थे। देखते ही उन्होंने बत्तीसी

चमकाकर पूछा, "क्या कर आए?" मैंने बता दिया कि एक अरब का काम तमाम करके आ रहा हूँ। इस पर कुछ देर के लिए उनके मुँह बन्द हो गए। लेकिन अब रात भी होने लगी थी। एक ने मुझे सोनेवाले गद्‌दे को बिछाने का तरीका सिखाया। ये लोग गद्‌दे के एक सिरे को गोल-गोल मोड़कर एक तरह की मसनद जैसी बना लेते हैं। सारी रात मुझे अपने चेहरे पर खटमल रेंगते महसूस होते रहे।

कुछ दिनों बाद मुझे अकेली कोठरी में रख दिया गया। यहाँ कब्जे के सहारे दीवाल से झूलते तख्ते पर सोने का इन्तजाम था। सामान के नाम पर यहाँ पाखाने की बाल्टी और टीन का तसला, बस, ये ही दो चीजें थीं। जेल जरा ऊँची धरती पर बनी थी, इसलिए अपनी छोटी-सी खिड़की से मुझे समुद्र की झाँकी भी मिल जाती थी ! एक दिन मैं छड़ें पकड़े खड़ा-खड़ा, लहरों पर नाचती धूप को आँखें फाड़-फाड़कर देख रहा था कि एक वार्डर ने आकर बताया, "कोई तुमसे मिलने आई है।" सोचा जरूर मेरी ही होगी, वही थी भी।

मुलाकात के कमरे के लिए पहले एक लम्बे-से गलियारे, फिर एक जीने और फिर एक और गलियारे से होकर ले जाया गया। कमरा बहुत बड़ा था। इसमें एक बड़ी-सी बाहर की ओर निकली धनुषाकार खिड़की से होकर रोशनी आती थी। कमरा ऊँची-ऊँची लोहे की आड़ी छड़ों द्वारा तीन हिस्सों में बँटा था। छड़ों की दो जालियों के बीच करीब तीस फुट खुली जगह थी। इसके इधरवाली तरफ कैदी रहते थे और उधर मिलनेवाले। बीच की यह जगह यों ही खाली पड़ी रहती थी, इस पर किसी का अधिकार नहीं था। मुझे उस जगह ले जाकर खड़ा कर दिया गया जहाँ एकदम सामने अपने उन्हीं धारीदार कपड़ों में मेरी खड़ी थी। मेरी तरफ वाली छड़ों से लगे करीब बारह कैदी और खड़े थे;

ज़्यादातर अरब ही थे। मेरी की तरफ भी हब्शी औरतें ही थीं। होंठ भींचे खड़ी एक छोटी-सी बुढ़िया और नंगे सिरवाली मोटी-सी प्रौढ़ा के बीच में मेरी बेचारी दबी-भिंची जैसे-तैसे घुसी थी। यह प्रौढ़ा बड़े हाव-भाव के साथ चेहरे बनाती चिचियाते स्वर में बोले जा रही थी। कैदियों और मुलाकातियों के बीच की इस लम्बी दूरी के कारण मुझे खुद भी अपनी आवाज ऊँची करनी पड़ी।

जिस समय मैंने इस कमरे में कदम रखा था उस समय मछली बाजार जैसी चैं-चैं सूनी दीवारों से टकराकर गूँज रही थी। खिड़की से आती धूप चारों ओर सफेद-सफेद कठोर चकाचौंध फैलाए थी। इस सबसे मेरा तो सिर चकरा उठा। कोठरी के अँधेरे और सन्नाटे की तुलना में यहाँ की इस स्थिति का अभ्यस्त होने में मुझे कुछ समय लग गया। और कुछ देर बाद तो कमरे का एक-एक चेहरा साफ चमकता दीखने लगा मानो कोई उन पर टॉर्च से रोशनी फेंककर दिखा रहा हो।

देखा, बीचवाली खाली जगह में दोनों ओर की जालियों से सटा जेल का एक-एक हवलदार बैठा है। यहाँ के देशी कैदी और दूसरी ओर वाले उनके सम्बन्धी आमने-सामने बाकायदा पालथी मारकर बैठ गए थे। उन्हें स्वर ऊँचा करने की ज़रूरत नहीं पड़ती थी, इतने शोर-शराबे में भी वे जाने कैसे फुस-फुस करके आपस में बातचीत कर लेते थे। इस प्रकार नीचे-नीचे चलती बातों की यह भनभनाहट सिरों के ऊपर खड़े होकर चलती बातों की संगत करती लगती थी। इस सबको बहुत जल्दी ही मैंने नजर में भर लिया और मेरी की दिशा में कुछ कदम और सामने बढ़ आया। अपना साँवला चेहरा छड़ों में अड़ाए वह भरसक खुलकर मुस्करा रही थी। इस तरह देखने में वह मुझे बड़ी सुन्दर लगी लेकिन न जाने क्यों उससे यह कहते नहीं बना।

"कहो?" अपना स्वर बहुत ऊँचा उठाकर उसने पूछा, "क्या हाल हैं? अच्छे तो हो न? ज़रूरत की सारी चीजें हैं या नहीं?"

"हाँ, हाँ, मुझे जो चाहिए सब है।"

कुछ देर हममें से कोई कुछ नहीं बोला। मेरी मुस्कराती रही। मुटल्ली औरत मेरी बगल में खड़े एक कैदी को सम्बोधित करके चीखे चली जा रही थी। आदमी लम्बा, गोरा और खूबसूरत-सा और सम्भवत: उसका पति ही था।

वह चिल्लाकर कह रही थी, "जैनी उसे रखने को तैयार नहीं है। देखो न, कितनी बुरी बात है। और देखो, मैंने उससे यह भी कहा कि तुम जेल से बाहर आते ही उसे ले लोगे। लेकिन बन्दी, सुनकर ही नहीं देती।"

उसी खाली जगह के पार से मेरी ने चिल्लाकर बताया, "रेमंड ने हार्दिक शुभकामनाएँ भेजी हैं।" मैंने कहा, "धन्यवाद।" लेकिन मेरी की आवाज पड़ोसी के प्रश्न के नीचे दब गई, "वह स्वस्थ तो है न?" मुटल्ली औरत हँस पड़ी, "स्वस्थ? अरे, उसे क्या हुआ है? साक्षात् स्वास्थ्य की मूर्ति है।"

इस सारे समय मेरे बाईं ओर खड़ा, पतले-पतले लड़कियों-जैसे हाथों वाला छोकरा मुँह से एक शब्द नहीं बोला। देखा, उसकी अपलक निगाहें सामनेवाली छोटी-सी बुढ़िया पर टिकी हैं, और उधर वह भी बड़ी भावाकुल ललक से एकटक इसे देखे जा रही है। मगर शीघ्र ही मुझे अपनी निगाहें उधर से हटा लेनी पड़ीं। मेरी चिल्लाकर कह रही थी, "हमें उम्मीद का सहारा नहीं छोड़ना चाहिए।"

मैंने जवाब दिया, "बिलकुल नहीं।" मेरी अनझिप निगाहें उसके कन्धों पर पड़ीं तो अचानक मन में बड़े जोर से आया कि इन महीन

कपड़ों में उन्हें कसकर भींच लूँ। उनका सुडौल गठन और कपड़ों की रेशमी-बुनावट मुझे बेबस अपनी ओर मोहकर खींचे ले रहा था और मन-ही-मन ऐसा लग रहा था कि 'मेरी' जिस उम्मीद की बात कह रही है, वह कहीं-न-कहीं इनसे जुड़ी है। सोचता हूँ, ऐसी ही बात उसके मन में भी थी, तभी तो वह मेरी आँखों में आँखें डाले मुस्कराए चली जा रही थी।

"तुम देखना, सब ठीक हो जाएगा। फिर हम लोग शादी कर लेंगे।" मुझे उसके सारे शरीर में केवल उसके दाँतों की चमक और आँखों के चारों ओर की झुर्रियाँ ही दिखाई दे रही थीं। पूछा, "सचमुच, तुम यही सोचती हो न?" मगर यह बात कहने का प्रमुख कारण और कुछ नहीं, बस यही था कि जवाब में कुछ-न-कुछ तो मुझे भी बोलना ही था।

उसी ऊँची आवाज में उसने जल्दी-जल्दी बातों की झड़ी लगा दी। "हाँ, हाँ, तुम छूट जाओगे। फिर हम लोग उसी तरह हर रविवार को नहाने जाया करेंगे।"

मेरी के पासवाली औरत अभी ऊँचे स्वर में रोते-रोते पति को बता रही थी कि वह जेल के दफ्तर में उसके लिए एक टोकरी रख आई है। फिर उस टोकरी मैं जो-जो लाई थी उसकी सूची बताकर बोली, "ध्यान रखना! खूब होशियारी से देख लेना। कई चीजें बहुत कीमती हैं।" मेरे दूसरी ओर वाला छोकरा और उसकी माँ अभी तक उन्हीं विषादभरी उदास आँखों से एक-दूसरे को देखे जा रहे थे और हमारे नीचे बैठे अरब लोगों की बातें उसी निर्बाध और एकरस भाव से चली जा रही थीं। लगता था, खिड़की के बाहर रोशनी की बाढ़-जैसी उमड़ आई है और छन-छनकर भीतर चली आ रही है। जो लोग रोशनी के सामने पड़ते थे उनके चेहरे बेहद पीले और तेल-मालिश किए लगते थे।

मेरा जी मितलाने-सा लगा और मन हुआ बाहर निकल जाऊँ। आस-पास की ये रन्दा चलाती छीलती-सी आवाजें कानों को नोच रही थीं। मगर साथ ही यह भी मन था कि मेरी के साथ रहने के सुख को जितना अधिक-से-अधिक बनाए रखा जा सके, बनाए रहूँ। इस सारे शोर-शराबे में एक क्षण की भी फाँक या दरार नहीं थी—वही लगातार चलती चीख-पुकार, बातचीत और नीचे दबे गले में निरन्तर आती-जाती बुदबुदाहट। इस सारे प्रवाह में मौन का अगर कोई द्वीप था, तो वह था उस छोकरे और उसकी माँ का बिना कुछ बोले-चाले आपस में एक-दूसरे को आँखों से पीते जाना।

इसके बाद एक-एक करके अरब कैदी हटा लिये गए। जब पहला कैदी गया तो सब-के-सब एकदम चुप हो गए। छोटी बुढ़िया छड़ से चिपककर यों ही खड़ी थी कि वार्डर ने उसके बेटे के कन्धे पर हाथ रखा। लड़के ने पुकारकर कहा, "फिर मिलेंगे अम्मा।" बुढ़िया ने छड़ों से हाथ निकाला और बहुत हल्के से जरा-सा हिलाकर विदा दे दी।

उसके हटते ही, हाथ में टोप लिये उसकी जगह एक दूसरा आदमी आ खड़ा हुआ। मेरे पासवाली खाली जगह पर भी दूसरा कैदी आ गया और दोनों ने अन्धाधुन्ध बातचीत शुरू कर दी। हाँ, उतने ऊँचे स्वर में ये नहीं बोल रहे थे, क्योंकि कमरा अब अपेक्षाकृत शान्त हो गया था। कोई आकर मेरी दाहिनी ओर वाले आदमी को बुला ले गया। पत्नी ने खूब जोर से चिल्लाकर कहा, "और हाँ, सुनो, अपनी देखभाल रखना। कुछ उलटा-सीधा मत करना।" लगता था कि उसे यही पता नहीं था कि अब उतने जोर से बोलने की ज़रूरत नहीं है।

इसके बाद आया मेरा नम्बर। मेरी ने उंगलियाँ चूमकर झटके से मेरी ओर चुम्बन फेंका। बाहर जाते हुए मैं मुड़-मुड़कर उसे देखता रहा।

वह बिना हिले-डुले खड़ी रही...उसका चेहरा यों ही छड़ों से सटा रहा... होंठ उसी कसी-कसाई ऐंठी मुस्कराहट में जरा से खुले रहे...

इसके बाद बहुत जल्दी ही मुझे उसका खत मिला। और तभी इस तरह की बात शुरू हई, जिसके बारे में बोलना मुझे कभी अच्छा नहीं लगता। इस तरह की बातें खास तौर पर भयानक या कष्टप्रद ही हों, ऐसा नहीं है। मैं अपने को तीसमार खाँ नहीं बताना चाहता, फिर भी यह सच है कि दूसरों को देखते हुए मैंने कम ही कष्ट पाया। मगर शुरू के दिनों की जिस एक बात से मैं सचमुच तंग आ गया था, वह थी, मेरी स्वतन्त्र आदमी के ढंग से सोचने की आदत। मसलन, अचानक धुन सवार हो जाती कि समुद्र-तट पर चला जाऊँ और पानी में खूब तैरूँ।...और जब अपने पैरों पर छोटी-छोटी लहरों की छपक्-छपक्... छलाँग लगाकर आगे बढ़ते समय शरीर पर पानी का मृदुल-कोमल स्पर्श...और सागर में जाकर मिलनेवाले सुख और सन्तोष की झुरझुरी को मैं कल्पना की आँखों के आगे साकार कर लेता तो अपनी कोठरी का संकरापन, अधिक क्रूर और कठोर लगने लगता।

खैर, यह हालत कुछ ही महीने रही। बाद में धीरे-धीरे मेरा सोचने का ढंग कैदियों-जैसा होता चला गया। मैं मन-ही-मन या तो खुले चौक में टहलने के समय की या अपने वकील साहब के आने की राह देखा करता। इसके अलावा बाकी वक्त के लिए भी मैंने एक ऐसा तरीका खोज निकाला था जो सचमुच बड़ा सुन्दर साबित हुआ। अकसर मैं सोचा करता हूँ कि मान लो कभी ऐसी मजबूरी आ जाए कि मुझे किसी ठूँठ की खोखर में रहना पड़े और ऊपर आकाश-खंड को देखते रहने के सिवा करने को पास में कुछ काम न हो। उस हालत में भी तो मैं अपने को किसी-न-किसी तरह उस स्थिति का अभ्यस्त करूँगा ही।

आहिस्ते-आहिस्ते वहीं मन रमाऊँगा...आजकल मैं प्रतीक्षा करता हूँ कि देखें इस बार वकील साहब कौन-सी अजब और बेढ़ंगी टाई लगाकर आते हैं...या जिस तरह एक दूसरी दुनिया मैं रहते हुए, मैं मेरी के साथ के प्यार के जादू की धैर्यपूर्वक राह देखता हूँ...उसी तरह वहाँ बैठा-बैठा भी देखा करूँगा कि अब चिड़ियाँ गुजरेंगी...अब बादल तैरते हुए आएँगे...यहाँ पेड़ के खोखर में तो बन्द नहीं हूँ कम-से-कम। धीरे-धीरे आदमी को सब आदत पड़ जाती है। मुझे याद है यह माँ का तकिया-कलाम था, वे हर समय कहा करती थीं।

खैर, इतना आगे जाकर सोचने की ज़रूरत नहीं पड़ी। पहले महीने जरूर नानी याद आ गई। लेकिन उन दिनों को निकालने के लिए मुझे जो प्रयत्न करना पड़ा, समझिए, उसी ने पार लगा दिया। मसलन, औरत की चाह मुझे अन्धा बना देती थी और उम्र को देखते हुए यह बहुत अस्वाभाविक भी नहीं था। हाँ, उसके लिए मेरी की ही तसवीर मेरे दिमाग में आती हो, ऐसा कुछ नहीं था। मेरे ऊपर तो जब यह भूत सवार होता, तो कभी इस औरत का खयाल आता, कभी उसका, जिन-जिनसे मैंने सम्भोग किया था, कभी एक साथ वे सारी औरतें सामने आ खड़ी होतीं कभी वे परिस्थितियाँ आँखों के आगे आ जातीं, जिनमें मैंने उन्हें प्यार किया था। यहाँ तक कि उन सारे चेहरों, मेरी पुरानी वासना के प्रेतों, से मेरी कोठरी भर जाती। इससे मुझे मानसिक उथल-पुथल और बेचैनी तो जरूर होती थी, लेकिन कम-से-कम समय कट जाता था।

खाने के समय रसोइयों के साथ-साथ प्रमुख जेलर भी दौरा लगाया करता था। धीरे-धीरे मेरी उससे खासी दोस्ती हो गई। औरतोंवाली बात असल में उसी ने छेड़ी थी। एक बार बोला, "यहाँ लोग इसी बात को लेकर सबसे ज़्यादा रोते हैं...।" मैंने भी कहा कि खुद मैं भी वैसी ही

ज़रूरत महसूस कर रहा हूँ। मैंने यह भी कहा, "एक तरह से यह है तो बड़ी ज्यादती ही...। कहावत है मरे को मारे शाह मदार...एक तो आदमी यहाँ वैसे ही मरा रहता है, ऊपर मैं यह और...।" जेलर बोला, "हम तो चाहते ही यही हैं। वरना आप लोगों को यहाँ रखा किसलिए जाता है?" जब मैंने कहा, "मैं आपकी बात नहीं समझा।" तो जेलर ने बताया, "वो सब तो आजादी के मजे हैं। आजादी छिन जाने को ही तो दंड कहते हैं।" बात को इस रूप में मैंने कभी नहीं देखा था। मगर अब मैंने उसके दृष्टिकोण को भी समझा। बोला, "हाँ, बात तो सही है वरना फिर सजा ही किस बात की हुई?" जेलर ने स्वीकृति में सिर हिलाया, "और क्या! तुम इन बाकी लोगों-जैसे नहीं हो। अपनी अक्ल से भी काम ले सकते हो। ये लोग खुद नहीं सोच पाते। फिर भी ये कोई-न-कोई तरीका खोज निकालते हैं। ये लोग आपस में ही कर-करा लेते हैं।" कहकर जेलर तो मेरी कोठरी से चला गया लेकिन अगले दिन से मुझे उनसे नफरत हो गई।

सिगरेटें न मिलना, एक दूसरी मुसीबत थी। जिस समय मुझे जेल लाया गया था, जेलवालों ने मेरी कमर-पेटी, जूतों के फीते, जेब का सामान इत्यादि लिये सो तो लिये ही, यहाँ तक कि सिगरेटें भी नहीं छोड़ीं, मुझे अकेली कोठरी में डाला गया, उस समय भी मैंने कहा कि कम-से-कम मुझे सिगरेटें तो दे दी जाएँ, लेकिन बताया कि बीड़ी-सिगरेट पीने की मनाही है। शायद इससे मुझे जितना कष्ट भुगतना पड़ा उतना किसी से नहीं। पहले कुछ दिनों तो सचमुच हालत बुरी हो गई। मैं सोनेवाले तख्ते की खपच्चियाँ उखाड़-उखाड़कर चूसा करता, सारे दिन बेहोशी और तबीयत मिचलाने का आलम छाया रहता। खोपड़ी में ही नहीं घुसता कि आखिर ये लोग मुझे सिगरेट क्यों नहीं पीने देते? इससे

किसी के बाप का क्या जाता है? बाद में इसका कारण भी समझ में आ गया। यह कटौती भी सजा का ही एक हिस्सा थी। लेकिन जब यह बात समझ में आई तब तक तो मेरी हुड़क ही मर गई थी, इसलिए यह सजा भी मेरे लिए सजा नहीं रह गई।

ऐसी-ऐसी छोटी-छोटी कमियों और कटौतियों को छोड़कर मैं बहुत नाखुश नहीं था। हाँ, सारी समस्या थी समय काटने की। खैर, बाद में जब मैंने पुरानी बातें याद करने की एक तरकीब सोच निकाली तो ऊबने-उकताने का कभी सवाल ही नहीं उठा। कभी-कभी मैं अपनी स्मरणशक्ति को अपने फ्लैट के सोनेवाले कमरे में जुटा देता। एक कोने से शुरू करके सारे कमरे में चक्कर लगाता, बीच में जो-जो चीजें पड़ती जातीं उन सबको एक-एक करके याद करता जाता। पहली बार तो एक-दो मिनट में ही सारा चक्कर पूरा हो गया। मगर जब फिर-फिर इस क्रिया को दुहराया तो हर बार पहले से ज़्यादा समय लगा। मैं खास तौर से फर्नीचर की हर चीज को कल्पना की आँखों के आगे लाता, एक-एक चीज के ऊपर, या भीतर रखे हर सामान का ध्यान करता और अन्त में इन ब्योरों के भी ब्योरे—एक-एक भाग, गड्ढा, परत या छिला कोना और लकड़ी का वास्तविक रंग और रेशा तक याद करता। साथ ही शुरू से लेकर आखिर तक, सही क्रम से बिना एक भी चीज छोड़े, अपनी इस खोज की पूरी-की-पूरी सूची भी दिमाग में रखता जाता। कुछ हफ्ते बाद नतीजा यह हुआ कि अपने सोनेवाले कमरे की सूची तैयार करने में घंटों बीत जाते। देखा, जितना-जितना मैं सोचता हूँ उतना ही प्राय: भूले या अनदेखे ब्योरे मेरी स्मृति के पटल पर तैरते चले आते हैं—और लगता कि ये ब्योरे तो इतने हैं कि समाप्त ही नहीं होंगे।

हाँ, इससे इतना मैं जान गया कि अगर आदमी केवल एक दिन बाहरी दुनिया का अनुभव प्राप्त कर ले तो शायद जेल में सौ साल काटना उसके लिए मुश्किल नहीं है। इतनी चीजें उसके पास याद करने को हो जाएँगी कि वह कभी ऊबने का नाम ही न ले। एक तरह से पूछा जाए तो यह गनीमत ही है वरना और करे क्या आदमी जेल में!

इसके बाद सोने का दौर शुरू हुआ। शुरू-शुरू में तो रात को भी ठीक से नींद नहीं आती थी और दिन में तो मैं कभी सोता ही नहीं था। लेकिन धीरे-धीरे रातें सुख से कटने लगीं; यही नहीं, दिन में भी एकाध झपकी ले ही लेता। पिछले महीनों तो सचमुच चौबीस में से सोलह या अट्ठारह घंटे पड़ा-पड़ा सोया करता। बच जाते पास में छह घंटे, सो इनमें खाना-पीना, नित्य-क्रिया... ये स्मृतियाँ...और चेकोस्लोवाकिया वाले आदमी की कहानी...।

एक दिन गद्दे की जाँच कर रहा था कि उसके नीचे धँसा अखबार का एक टुकड़ा हाथ पड़ गया। कागज इतना पुराना हो गया था कि पीला पड़ गया था और उसके आर-पार दिखाई देता था। लेकिन छपे अक्षर जैसे-तैसे पढ़ लिये जाते थे। यह किसी अपराध की कहानी थी। शुरू का हिस्सा गायब था, लेकिन यह समझ में आ जाता था कि घटनास्थल चेकोस्लोवाकिया का कोई गाँव है। कोई गाँववाला अपनी किस्मत आजमाने परदेश गया। पच्चीस साल बाद काफी कमा-धमाकर, बीवी-बच्चों को साथ लिये अपने गाँव लौटा। इधर उसकी माँ और बहन, उसके गाँव में ही एक होटल चलाने लगी थीं। अचानक जाकर उन्हें चौंका देने के खयाल से इसने बीवी-बच्चे को तो दूसरी सराय में छोड़ा और खुद किसी दूसरे नाम से कमरा लेकर माँ के होटल में टिक गया। माँ-बहन को सपने में भी खयाल नहीं हुआ कि यह उनका भाई है, वे

पहचान ही नहीं पाईं। रात को खाना खाते समय उसने अपने पास की रकम इन्हें दिखा दी। उन कमबख्तों ने रात-ही-रात हथौड़े से उसका काम तमाम कर डाला और मालमत्ता छीनकर लाश नदी में फेंक दी। अगले दिन उसकी बीवी आई और उसने बिना सोचे-समझे बता दिया कि वह आदमी कौन था। अब तो माँ ने फाँसी लगा ली और बहन कुएँ में कूद पड़ी—यह थी कहानी। इसे मैंने हजारों ही बार पढ़ा होगा। एक तरह से देखता तो बात बड़ी असम्भव लगती, दूसरी तरह से सोचने पर काफी तर्कसंगत दिखाई देती। बहरहाल, मेरे हिसाब से तो उस आदमी ने जान-बूझकर मुसीबत मोल ली। इस तरह की बेवकूफी आदमी करे ही क्यों?

सो, नींद के इन लम्बे-लम्बे दौरों में, अपनी पुरानी बातों को याद करने और अखबार के कहानीवाले टुकड़े को पढ़ने में अंधेरे और उजाले के ज्वार-भाटे आते-जाते रहे, समय बीतता गया। मैंने पढ़ा जरूर था कि जेल में आदमी समय का ज्ञान नहीं रख पाता, लेकिन मेरे लिए इसका कोई निश्चित अर्थ कभी नहीं रहा। कभी मेरी समझ में नहीं आता था कि दिन, एक साथ ही लम्बा और छोटा कैसे हो सकता है? अच्छा मान लो, आदमी को एक-एक पल करके सारा समय काटना पड़े तो शायद दिन बहुत लम्बा लगने भी लगे, लेकिन फिर भी आखिर इतना लम्बा कैसे हो जाएगा कि उसके खत्म होते-न-होते दूसरा दिन शुरू हो जाए? दिनों को सचमुच अभी तक मैं इस रूप में नहीं ग्रहण कर पाया था, 'बीता कल' और 'आनेवाला कल' अब भी मेरे लिए सार्थक शब्द थे।

एक दिन सुबह-सुबह जब वॉर्डर ने बताया कि मुझे जेल में छह महीने हो चुके हैं, तो मैंने मान लिया। लेकिन इन शब्दों का मेरे निकट कोई अर्थ नहीं था। कोठरी में आने से लेकर अब तक मेरे लिए तो एक ही दिन था और इस सारे समय मैं तो एक ही काम में लगा रहा था।

जेलर चला गया तो मैंने अपना पानी पीने का तामलोट खूब घिस-घिसकर चमकाया और उसमें अपने चेहरे को गौर से देखने लगा। चेहरे पर भयानक गम्भीर-भाव छाया था। मैंने मुस्कराने की कोशिश की, लेकिन कोई अन्तर नहीं पड़ा। तामलोट को आड़ा-तिरछा करके कई तरह से देखा लेकिन चेहरे पर वही मनहूस उदासी बरसती रही।

साँझ घिर आई थी। इस क्षण को मैं 'बेनाम क्षण' कहता हूँ। काश, उस दिन के इस क्षण के बारे में चुप ही रहता। जेल के कमरे-कमरे और कोठरी-कोठरी से सन्ध्या के स्वर उदास और मनहूस जलूसों-जैसे चुपचाप ऊपर उठ रहे थे। मैं जंगले पर जाकर खड़ा हो गया और डूबती किरणों में फिर एक बार अपने चेहरे की परछाईं को देखने लगा। वही पहले जैसा संजीदा चेहरा था। इस समय मैं खुद भीतर से संजीदा हो आया था, इसलिए इस बार चौंका नहीं। लेकिन ठीक उसी समय कानों में वह स्वर सुनाई पड़ा जो महीनों में नहीं सुना था—कोई बोल रहा था। नहीं, मुझे कतई गलतफहमी नहीं हुई थी, यह मेरे अपने ही बोलने की आवाज़ थी।

पिछले कई दिनों से जो स्वर लगातार मेरे कानों में बज रहा था उसे मैंने इस क्षण पहचान लिया था। अच्छा, तो अब समझा, इन सारे दिनों में अपने-आपसे ही बातें करता रहा हूँ।

और तभी कभी किसी की कही एक बात अचानक याद हो आई। माँ की अन्त्येष्टि के समय नर्स ने कोई बात कही थी...ना, अब तो कोई रास्ता नहीं रह गया...कैसी होती हैं जेल की वे उदास शामें...कैसा महसूस होता है वह समय, दूसरा कोई कहाँ कल्पना कर सकता है?

तीन

सब मिलाकर, यह तो नहीं कहूँगा कि वे सारे महीने रेंग-रेंगकर ही बीते, हाँ, इतना ज़रूर है कि पहली गरमियों के बीतने का ज्ञान होते-न-होते दूसरी गर्मियाँ आ लगी थीं। और यह भी मुझे लगने लगा था कि गर्म दिनों के शुरू होते ही मेरी किस्मत शर्तिया कुछ-न-कुछ गुल खिलाएगी। मेरे मुकदमे की तारीख असाइज़ अदालत में आखिरी सेशन में पड़ी थी। इस सेशन को जून में ही किसी समय खत्म होना था...

मुकदमे के सुनवाईवाले दिन जमकर धूप निकली थी। वकील साहब ने बताया था कि मुकदमा दो-तीन दिन से ज़्यादा नहीं लेगा। बोले, "सुनते हैं, अदालत जल्दी-से-जल्दी तुम्हारे मुकदमे को निपटाएगी क्योंकि इस सेशन के मुकदमों की सूची में यह सबसे महत्त्वपूर्ण मुकदमों में नहीं है। तुम्हारे बाद ही पितृ-हत्या का एक मुकदमा है, असली वक्त अदालत को उसमें लगेगा।"

सुबह साढ़े सात बजे मुझे लेनेवाले आ गए और कैदियों की गाड़ी में बैठाकर अदालत ले आए। दो सिपाही मुझे दोनों तरफ से पकड़कर

एक छोटे-से कमरे में लाए। 'कमरा अँधेरा था और गंधाता था। हम लोग एक दरवाज़े के पास जा बैठे। दरवाज़े से बोलने की आवाजें, चीख-पुकारें और फर्श पर कुर्सियों के घिसटने के स्वर आ रहे थे। इस एक-दूसरे में गड्डमड्ड शोर-शराबे में मुझे किसी कस्बे के जलसे का खयाल आता था। ऐसा लगता था—जलसे में संगीत का कार्यक्रम हो चुका है और अब हॉल में नाच के लिए फर्श खाली किया जा रहा है।

एक सिपाही ने बताया कि अभी तक जज साहब नहीं आए हैं। उसने मुझे एक सिगरेट पीने को दी तो मैंने इनकार कर दिया। कुछ देर बाद उसने पूछा कि मैं घबरा तो नहीं रहा। मैं बोला, "नहीं तो। उलटे मुझे तो उत्सुकता हो रही है कि एक मुकदमा देखने को मिलेगा। मैंने कभी देखा भी नहीं।"

"हाँ, हो सकता है।" दूसरे सिपाही ने कहा, "लेकिन एक-दो घंटे में ही जी भर जाता है।"

टिर्रर—टिर्रर—टिर्रर—थोड़ी देर बाद कमरे में बिजली की घंटी बज उठी। सिपाही ने मेरी हथकड़ियाँ उतारीं, दरवाजा खोला और कैदियों के कठघरे की ओर ले चले।

कचहरी में खचाखच भीड़ भरी थी। किवाड़ों की हवा-रोशनीवाली पट्टियाँ झुकी हुई थीं, लेकिन रोशनी दरारों से छन-छनकर भीतर आ रही थी। हवा उमस से तपी थी। खिड़कियाँ बन्द थीं। मैं बैठ गया तो सिपाही मेरी कुर्सी के दोनों ओर तनकर खड़े हो गए।

कहीं अब जाकर मैंने देखा कि ठीक सामने एक कतार में कुछ चेहरे मुझे घूरकर देख रहे हैं। अन्दाजा लगाया, जूरी हैं। लेकिन जाने क्यों, मैंने अलग-अलग बैठे व्यक्तियों के रूप में उन्हें नहीं देखा। ट्राम में चढ़ने के साथ ही किसी को लगे कि सामनेवाली सीट के लोग उसकी

वेशभूषा में कुछ मनोरंजक और मजाकिया पाने की उम्मीद से लगातार उसकी ओर देखे चले जा रहे हैं, तो उस समय उसे जैसा कुछ महसूस होता है, वैसा ही मुझे लग रहा था। मैं जानता हूँ, उपमा निहायत बेतुकी है क्योंकि ये लोग किसी हास्यास्पद बात की नहीं, अपराधी मनोवृत्ति के लक्षणों की खोज में मेरी ओर देख रहे थे। बहरहाल, फर्क ज़्यादा नहीं था। कम-से-कम मुझे तो ऐसा ही लगा।

भीड़ और हवा की घुटन के कारण मुझे कुछ-कुछ चक्कर-से आने लगे। कचहरी के कमरे में निगाह घुमाई तो एक भी पहचाना चेहरा दिखाई न दिया। पहले तो यही विश्वास नहीं हुआ कि इतने सारे लोग मेरे लिए ही जमा हुए है। साधारणत: किसी ने मेरी तरफ कभी विशेष ध्यान नहीं दिया था, अब यों रातोरात सबकी दिलचस्पी का केन्द्र बन जाने में कैसा अजीब-अजीब लगता था। "गजब की भीड़ है," मैंने अपने बाईं ओर के सिपाही से कहा तो उसने बताया कि यह सब अखबारों की कारिस्तानी है। जूरियों के बैठने की जगह के ठीक नीचे बैठे कुछ लोगों की ओर इशारा करके वह बोला, "वो बैठे तो हैं।" "कौन?" मैंने पूछा। उसने कहा, "पत्रकार लोग।" फिर उसने यह भी बताया कि उन्हीं में उसका एक पुराना दोस्त भी बैठा है।

जरा देर बाद ही उसके बताए हुए आदमी ने हमारी ओर देखा और चबूतरे पर आकर सिपाही के साथ बड़े तपाक् से हाथ मिलाया। पत्रकार अधेड़-सा आदमी था और शक्ल से गम्भीर लगता था, लेकिन व्यवहार उसका बड़ा मधुर था। तभी मैंने देखा कि कमरे में बैठे सारे आदमी एक-दूसरे को नमस्कार कर रहे हैं, बातचीत कर रहे हैं और अलग-अलग दलों में बँट गए हैं। सच पूछो तो उनका सारा तौर-तरीका अदालत का कम, क्लब का-सा अधिक लगता था, जहाँ हर आदमी

अपनी हैसियत और रुचि के अनुसार बेतकल्लुफी और बेफिक्री महसूस करने लगता है। बेशक, यही कारण रहा होगा कि मैं अपने को दाल-भात में मूसलचन्द या अनिमन्त्रित, जबर्दस्ती घुस आनेवाले, मेहमान-जैसा महसूस करने लगा था।

खैर, पत्रकार ने बड़े हँस-हँसकर मुझसे बातें कीं। कहा, "उम्मीद है सब ठीक-ठाक हो जाएगा।" मैंने उसे धन्यवाद दिया तो वह मुस्कराकर कहने लगा, "हम जानते हैं, हम आपके बारे में लगातार कुछ-न-कुछ लेख-समाचार प्रकाशित करते रहे हैं! गरमियों के दिनों में तो यों ही हमेशा सामग्री का रोना रहता है, सो आपके और आपके बादवाले मुकदमे को छोड़कर समाचारों की काफी तंगी थी। इस दूसरे मुकदमे के बारे में तो सुन ही लिया होगा...पितृ-हत्या का मामला है...।"

उसने संवाददाताओं की मेज पर बैठे दल में से एक ठिगने, काला-काला चश्मा डाटे गोल-मटोल आदमी को (जिसे देखकर खूब खिलाए-पिलाए नेवले की याद आती थी) दिखाकर कहा, "वो साहब पैरिस के एक दैनिक के विशेष संवाददाता हैं। खास-तौर से आपके लिए तो ये नहीं आए लेकिन अखबारवालों ने इनसे कहा कि आपका मुकदमा देख लें, यों उस पितृ-हत्या वाले मुकदमे के लिए भेजे गए हैं!"

बात जबान की नोक पर आकर रह गई कि 'उनकी बड़ी मेहरबानी है।' लेकिन तभी खयाल आया, बात बेहूदी लगेगी। बड़ी आत्मीयता के ढंग से हाथ मिलाकर वह हमारे पास से चला गया। इसके बाद थोड़ी देर कुछ नहीं हुआ।

तभी, चोगा चढ़ाए, अपने कुछ साथियों के साथ वकील साहब ने हड़बड़ाते हुए प्रवेश किया। पत्रकारों की मेज के पास जाकर उन्होंने संवाददाताओं से हाथ मिलाए। ऊपर से बड़े बेतकल्लुफ और बेफिक्र-

से दिखते ये लोग हँसने और गप्पें मारने लगे। किर्रर-किर्रर! तभी एक तीखी-सी घंटी बज उठी और सब-के-सब अपने-अपने स्थानों पर जा बैठे। वकील साहब ने मेरे पास आकर हाथ मिलाया और समझाया कि "जहाँ तक बन पड़े जवाब कम-से-कम शब्दों में देना। अपनी तरफ से कुछ मत बताने लगना। मुझ पर भरोसा रखोगे तो बेड़ा पार हो जाएगा...।"

बाईं तरफ कुर्सी खिसकने की आवाज हुई और बिना कमानियोंवाला चश्मा लगाए, एक लम्बा पतला-दुबला-सा व्यक्ति अपने लाल चोगे की तहें और सलवटें ठीक करते हुए कुर्सी पर आ बैठा। मैं समझ गया कि सरकारी वकील है। अदालत के पेशकार ने घोषणा की कि 'माननीय जज महोदय पधार रहे हैं।' और ठीक उसी समय ऊपर के दो बड़े-बड़े पंखे भनन-भनन करते चल पड़े। तीन जजों ने बगल में थैला दबाए अदालत के कमरे में प्रवेश किया—दो काले कपड़े पहने थे और एक लाल-सुर्ख। तीनों फुरती से चलते हुए फर्श से कई फुट ऊँची बनी 'बेंच' के पास जा पहुँचे। सुर्ख कपड़ोंवाला बीच में, ऊँची पीठ की कुर्सी पर बैठ गया। उसने अपनी सरकारी टोपी उतारकर मेज पर रखी और गंजी चँदिया पर रूमाल फेरकर ऊँचे स्वर में बताया कि अब मुकदमे की सुनवाई शुरू होती है।

पत्रकारों ने अपने-अपने फाउंटेनपेन खोल लिये। एक सिरे से सबके चेहरों पर हल्की व्यंग्य-भरी उदासीनता का भाव था। हाँ, भूरे फलालेन का सूट और नीली टाई पहने उनमें एक पत्रकार जरूर ऐसा था जो कलम मेज पर रखे मुझे अपलक घूरे जा रहा था। शक्ल से अपने बाकी साथियों से काफी कम उम्र का लगता था। चेहरा सीधा-सादा निर्विशेष...लेकिन इस समय जरा-सा सख्त। जिस चीज ने मुझे बाँध लिया वे थीं उसकी आँखें; उदास-उदास, पीली निर्मल आँखें मुझ पर

जरूर टिकी थीं, लेकिन उनसे किसी विशेष भाव की व्यंजना नहीं हो रही थी। पल-भर के लिए बड़ी अदभुत-सी बात मन में उभरी, मानो वे आँखें मेरी अपनी ही आँखें हैं और मैं खुद अपने को तोल रहा हूँ। एक तो यों ही अदालती कार्यवाही से कोरा, फिर दूसरे, यह भाव भी एक कारण था कि शुरू में जो कुछ होता रहा ठीक-ठीक मेरी समझ में नहीं आया, कि कैसे जूरियों ने आपस में अपना-अपना काम और जिम्मेदारी बाँटी, कैसे प्रधान-जज ने सरकारी वकील अर्थात् जूरियों के प्रतिनिधि और मेरे वकील साहब से दुनिया-भर के सवालात किए (जब-जब मेरे वकील साहब बोलते, सारे-के-सारे जूरियों के सिर जजों की तरफ घूम जाते), कैसे एक ही साँस में अभियोग-पत्र पढ़ा गया (बीच-बीच में मैंने कुछ परिचित स्थानों और व्यक्तियों के नाम जरूर पकड़े), कैसे इसके बाद मेरे वकील से कुछ और सवाल किए गए, इस सबको मैंने कुछ सुना-समझा, कुछ नहीं।

इसके बाद जज साहब ने फरमाया कि अब अदालत गवाहों की सूची पढ़कर सुनाएगी। पेशकार ने नाम पढ़े। उनमें कुछ को सुनकर तो मैं चकरा उठा। अभी तक सामनेवाली भीड़ मेरे लिए चेहरों के धुँधले-धुँधले धब्बों से अधिक नहीं थी। लेकिन देखा कि अब एक-एक करके उस भीड़ में से ही रेमंड, मैसन, सलामानो, आश्रम का चौकीदार, बूढ़ा पीरे और मेरी, सभी उठ-उठकर खड़े होने लगे। इन सबके पीछे-पीछे बगल के दरवाज़े से बाहर जाते हुए मेरी ने बहुत हौले से काँपता निर्जीव हाथ मुझे लक्ष्य करके हिलाया। सुना, आखिरी नाम सेलेस्ते का पुकारा जा रहा है तो निहायत ही ताज्जुब हुआ कि इनमें से कोई भी पहले मुझे नहीं दीखा। सेलेस्ते उठा तो उसकी बगल में बैठी वही विचित्र ठिगनी-सी औरत नजर आई जिसने रेस्तराँ में मेरी मेज पर बैठकर खाना खाया था।

वही मर्दाना कोट और चुस्त दृढ़, निर्णयात्मक अन्दाज। देखा, उसकी निगाहें मुझ पर ही जमी थीं। लेकिन उसके तौर-तरीके पर सोचने, आश्चर्य करने का समय नहीं मिला। जज साहब फिर बोलने लगे थे।

उन्होंने बताया कि अब मुकदमे की असली कार्यवाही शुरू होगी। कहा, शायद यह बताने की उन्हें ज़रूरत नहीं है कि वे चाहते हैं, जनता अपने अच्छे-बुरे, कैसे भी भावों का प्रदर्शन न करे। जज तो केवल सारी कार्यवाही की देख-रेख करने के लिये हैं—एक तरह से कहिए मध्यस्थ हैं। इसलिए मुकदमे के प्रति उनका रुख निहायत ही तटस्थ रहेगा। जो भी फैसला जूरी महोदय देंगे, उसे ही वे अपने शब्दों में न्याय की दृष्टि से जनता के सामने रख देंगे। उन्होंने इच्छा प्रकट की कि अन्त में लोग बिना किसी प्रकार का कतई शोर-शराबा किए शान्तिपूर्वक बाहर निकलेंगे।

दिन का तपना बढ़ता गया। जनता में से कुछ अखबारों से हवा कर रहे थे। कागजों के मुड़ने की खड़खड़ाहट तो सारे समय होती रही। प्रधान जज का इशारा पाकर पेशकार मूंज के बुने तीन पंखे ले आया। तीनों जज तुरन्त उनसे हवा करने लगे।

झट, मुझसे सवाल-जवाब शुरू हो गए। जज साहब ने न केवल बड़े शान्त भाव से बल्कि मुझे लगा बड़ी आत्मीयता दरशाते हुए सवाल पूछे। हज़ारवीं बार मुझसे फिर वही नाम-पता, वल्दियत पूछी गई। इस खानापूरी से मैं आजिज आ गया था; लेकिन फिर मन में सोचा, यह सब बहुत स्वाभाविक और जरूरी है। किसी गलत आदमी पर मुकदमा चला देना अदालत के लिए कितने शर्म और अफसोस की बात है।

इसके बाद जज ने मेरे सारे कारनामों का चिट्ठा पढ़ना शुरू किया। हर दूसरे-तीसरे वाक्य पर मुझसे पूछने के लिए ठहर जाते। "क्यों, ठीक

है न?" और इस पर मैं हर बार कहता,"जी हाँ, साहब।" वकील साहब ने यही कहने को कहा था। जज जरा-जरा-सी बाल की खाल निकाल रहे थे, इसलिए यह पुराण काफी लम्बा चला। इसी बीच, पत्रकार व्यस्त भाव से जल्दी-जल्दी लिखते रहे। लेकिन मुझे कभी तो सबसे छोटे पत्रकार की अपने पर टिकी निगाहों का खयाल हो आता, कभी उस 'चाबी-भरी कठपुतली' औरत की नजरें याद आ जातीं। बहरहाल, जूरी महोदय लाल चोगेवाले जज को लगातार देखे जा रहे थे। मुझे ट्राम में बैठी सवारियों की कतार फिर याद हो आई। तभी जज साहब जरा-सा खाँसे और फाइल के कुछ पन्ने पलट कर चेहरे पर पंखे से हवा करते-करते गम्भीर भाव से मुझसे बोले :

"अब मैं कुछ ऐसी बातें लेना चाहूँगा जो ऊपर से देखने में चाहे मुकदमे से बाहर लगती हों लेकिन वास्तव में उनका बहुत गहरा सम्बन्ध है।" मैं भाँप गया कि हो न हो अब यह माँ के बारे में कुछ कहेगा, साथ ही, यह भी सोच डाला कि अगर इसने माँ को लेकर कुछ कहा तो मुझे कैसा बुरा लगेगा। जज का पहला सवाल ही यह हुआ कि मैंने अपनी माँ को आश्रम क्यों भेजा? मैंने बताया कि कारण बिलकुल सीधा है। घर पर उनकी ठीक से देख-भाल हो, इतना पैसा मेरे पास नहीं था। जज ने पूछा कि माँ के वियोग से मुझे दुख हुआ या नहीं? मैंने फिर अपनी बात खुलासा की कि मुझे या माँ को आपस में एक-दूसरे से या हम दोनों की किसी तीसरे से इस बारे में कतई किसी सहारे की उम्मीद नहीं थी, इसलिए हमदोनों ने आसानी से इसे मान लिया। इसके बाद जज ने कहा कि उन्हें अब इस बारे में कुछ नहीं पूछना। उन्होंने सरकारी वकील से पूछा कि क्या इस मौके पर उसके खयाल से कुछ और सवाल करना जरूरी लगता है?

सरकारी वकील ने बिना मेरी ओर देखे, बल्कि मेरी तरफ आधी पीठ मोड़कर कहा कि अगर अदालत आज्ञा दे तो वह जानना चाहता है कि क्या मैं अरब को मारने के इरादे से ही दुबारा झरने पर लौटकर गया था? जब मैंने कहा, 'नहीं' तो सरकारी वकील ने फिर पूछा कि तब फिर अपने साथ रिवॉल्वर ले जाने का उद्देश्य क्या था और क्यों मैं फिर खास उसी जगह पहुँचा? मैंने अपने जवाब में इसे केवल संयोग की बात कही। तब सरकारी वकील बड़े दुष्ट लहजे में बोला, "बहुत ठीक, बस, इस वक्त इतना ही काफी है।"

इसके बाद क्या हुआ, ठीक से मेरी समझ में नहीं आया। हाँ, कुछ देर सरकारी वकील, मेरे वकील और 'बेंच' के बीच कुछ चख-चख होती रही। प्रधान जज ने घोषणा की कि अब अदालत उठेगी। गवाहियाँ दोपहर बाद होंगी, तब तक के लिए कार्यवाही मुल्तवी की जाती है।

यह क्या हुआ, इसे समझूँ-समझूँ कि मुझे ठेलकर जेल की गाड़ी में ला बैठाया गया। वापस जेल आया तो दोपहर का खाना मिला। इस सबने मुझे कितना थका डाला है, अभी यह महसूस ही कर पाया था कि फिर बुलावा आ गया। वही कमरा...सामने वही चेहरे...फिर वही सब कुछ नए सिरे से शुरू हुआ। हाँ, इस बीच गरमी बेहद बढ़ गई थी और जाने क्या चमत्कार हुआ था कि जूरियों से लेकर मेरे वकील, सरकारी वकील और कुछ संवाददाताओं के हाथों में भी पंखे आ गए थे। वह नौजवान और 'चाबी-भरी कठपुतली' दोनों बदस्तूर अपनी-अपनी जगह विराजमान थे और उनकी आँखें, ठीक पहले की तरह, मुझ पर टिकी थीं। दोनों पंखे भी नहीं झल रहे थे।

मैंने चेहरे का पसीना पोंछा। अभी अपने बारे में होश आया ही था कि सुना गवाही के लिए आश्रम के वार्डन की पुकार मची है। वार्डन से

पूछा गया कि क्या मेरी माँ को मेरे व्यवहार से कोई शिकायत थी, तो उसने कहा, "जी हाँ। लेकिन यह कोई विशेष बात नहीं है क्योंकि वहाँ रहनेवाले करीब-करीब हर व्यक्ति को अपने रिश्तेदारों से शिकायत होती है।" इसलिए जज साहब ने जरा और खुलासा करने को कहा, "इस तरह आश्रम में भेज दिए जाने पर क्या मुजरिम की माँ उसे भला-बुरा कहती थी?" "जी हाँ" उसने फिर वही कहा; लेकिन इस बार कोई सफाई अपने जवाब के साथ नहीं दी।

एक और सवाल के जवाब में उसने बताया, "अन्त्येष्टि के दिन इनकी निरुद्विग्नता और ठंडापन देखकर वाकई मुझे बड़ा ताज्जुब-सा हुआ था।" फिर पूछा गया कि "इसकी निरुद्विग्नता और ठंडेपन से क्या मतलब?" इस पर वह नीची निगाहें किए कुछ देर अपने जूतों को घूरता रहा। फिर बताने लगा, "न तो इसने अपनी माँ के शव के दर्शन की कोई इच्छा प्रकट की और न ही इसकी आँखों में एक बूँद आँसू आया और अन्त्येष्टि के बाद भी कब्र के आसपास मँडराने के बजाय यह वहाँ से एकदम चल खड़ा हुआ। दूसरी एक और बात ने मुझे चक्कर में डाला। अंडरटेकर का एक आदमी बताता था, इन्हें अपनी माँ की उम्र भी नहीं पता।" थोड़ी देर चुप रहकर जज ने वार्डन से पूछा कि यह जो कुछ उसने बताया है वह सब सामने कठघरे में खड़े मुजरिम के बारे में ही माना जाए न? लगा, इस प्रश्न पर वार्डन अचकचाया। तभी जज ने कहा, "इस तरह के सवाल पूछने का कायदा है, इसलिए पूछने को मजबूर हूँ।"

सरकारी वकील से पूछा गया कि उसे तो कोई बात नहीं जाननी। उसने ऊँचे स्वर में जवाब दिया, "बिलकुल नहीं, योर ऑनर। मुझे जो जानना था, जान लिया।" और यह कहकर जिन निगाहों से उसने मुझे देखा, उनके साथ-साथ उसके लहजे, चेहरे के विजय-भाव में कुछ ऐसी

अजीब और खास बात थी कि मैं सिहर उठा। वर्षों से जो बात महसूस नहीं हुई थी वह उस क्षण लगी। और बड़ी बेहूदी-सी इच्छा हुई कि फूट-फूटकर रोने लगूँ। पहली बार अहसास हुआ कि इन सबके मन में मेरे लिए कितनी गहरी नफरत भरी है।

जूरियों और मेरे वकील को तो वार्डन से कुछ नहीं पूछना, यह जानकर जज ने चौकीदार के बयान सुने। कठघरे में कदम रखते हुए चौकीदार ने एक नजर मुझपर डाली, फिर निगाहें दूसरी ओर घुमा लीं। जिरह में उसने भी यही बयान दिए कि मैंने शव के दर्शन करने से इनकार कर दिया था, बैठे-बैठे सिगरेटें फूँकी थीं और विशेष कॉफी—कैफ-ॲलाय—पी थी। पहली बार मुझे लगा कि गुस्से की एक लहर अदालत में यहाँ-से-वहाँ तक फैल गई और तब पहले-पहल समझ में आया कि मैं अपराधी हूँ। मेरे सिगरेटें पीने और कॉफी के बारे में चौकीदार ने जो कुछ बताया था उसे दुबारा कहलवाया गया। सरकारी वकील ने घूमकर फाड़ खानेवाली निगाहों से मुझे देखा। मेरे वकील ने चौकीदार से पूछा कि मेरे साथ-साथ खुद उसने भी कॉफी पी या नहीं? सरकारी वकील ने इस पर सख्त आपत्ति की। गुस्से से चिल्लाकर पूछा, "मुझे बताया जाए कि इस अदालत में मुजरिम कौन है? कठघरे में खड़ा यह आदमी या चौकीदार? योर ऑनर, चूँकि मेरे मित्र बचाव-पक्ष के वकील जानते हैं कि उनके मुवक्किल के खिलाफ अकाट्य और काफी सबूत हैं, इसलिए क्या अपने खयाल से वे यों सरकारी गवाह पर कीचड़ उछालकर सबूत खराब कर लेंगे?" बहरहाल जज ने चौकीदार से सवाल का जवाब देने को कहा।

बूढ़ा चौकीदार कुनमुनाया। फिर मुँह-ही-मुँह में बुदबुदाया, "जी हाँ, जानता हूँ कि मुझे सिगरेट नहीं पीनी चाहिए थी, लेकिन जब इन साहब ने एक टुकड़ा पेश किया तो सिर्फ लिहाज की खातिर मैंने ले लिया।"

जज ने इस पर मुझसे कुछ कहने को कहा। "जी नहीं," मैं बोला, "कहना बस यही है कि गवाह बिलकुल सही कह रहा है। मैंने ही उसे सिगरेट पीने को दी यह सच है।"

चौकीदार ने मुझे विस्मय और कृतज्ञता-जैसे भाव से देखा। फिर कुछ देर गुन-गुन करता रहा और तब हकला-हकलाकर खुद ही अपनी ओर से कहा, "थोड़ी-सी कॉफी ले लेने की बात तो मैंने ही कही थी।"

मेरे वकील साहब खुशी से उछल पड़े। बोले, "इस इकबाल की अह-मियत पर जूरी महोदय गौर करें।"

झपटकर सरकारी वकील भी उठा और हमारे सिरों पर गरजकर बोला, "बिलकुल दुरस्त, इस पर जूरी महोदय जरूर गौर करेंगे और इसी नतीजे पर पहुँचेंगे कि अनजाने या भूल से कोई तीसरा आदमी अगर मुजरिम को कॉफी का प्याला पेश कर भी देता है तो मुजरिम सामान्य शिष्टाचारवश मना भी कर सकता है। कम-से-कम और कुछ नहीं तो उस बेचारी औरत के शव के सम्मान की खातिर ही मना कर सकता है जिसने मुजरिम को इस धरती पर जन्म दिया।"

इसके बाद चौकीदार अपनी जगह पर लौट गया।

तोमस पीरे की बारी आई। एक अर्दली सहारा देकर उसे कठघरे तक लाया। पीरे ने कहा, "हालाँकि मैं इनकी माँ का बहुत घनिष्ठ मित्र था, लेकिन इन्हें अन्तिम संस्कार से पहले मैंने कभी नहीं देखा।" पूछा गया, "उस दिन मुजरिम का व्यवहार कैसा था?"

पीरे ने बताया, "जी, आप तो जानते ही हैं—मैं खुद उस दिन बड़ा दुखी था। इतना ज़्यादा दुखी था कि किसी तरफ ध्यान ही न दे पाया। शायद शोक ने मुझे अन्धा कर डाला था। अपने घनिष्ठ साथी का यों चल बसना ही मेरे लिए इतना बड़ा धक्का था कि दफनाने के

समय मुझे तो अपना होश ही नहीं रहा। इसलिए इस लड़के की तरफ मेरा ध्यान बिलकुल गया ही नहीं।"

सरकारी वकील ने सवाल किया, "आप अदालत को इतना बता दें कि उस दिन मुजरिम रोया था या नहीं।" और जब पीरे ने बताया कि 'नहीं देखा तो उसने अपनी बात पर जोर देकर कहा, "यकीन है, जूरी महोदय इस बात पर गौर फरमाएँगे।"

फौरन मेरे वकील साहब उठ खड़े हुए और कड़ककर बोले, "बाबा, अच्छी तरह सोच लो। कसम से कहते हो कि तुमने इन्हें एक बूँद आँसू बहाते नहीं देखा?" मुझे वकील साहब के लहजे से लगा कि वे खामखां ही बेचारे को धमका रहे हैं।

पीरे ने जवाब दिया,"नहीं।"

ही-ही-ही-ही कुछ-लोग बेहूदे ढंग से हँस पड़े। मेरे वकील ने झटके-से अपने चोगे की आस्तीन पीछे खींची और तड़पकर कहा, "यह तरीका है सारा मुकदमा चलाने का। सचाई को पाने और उजागर करने की किसी को कोई चिन्ता ही नहीं है।"

सरकारी वकील ने इस कथन पर कोई कान नहीं दिया और उदासीनता का भाव दिखाते हुए पेंसिल से वकालतनामे के कवर पर धीरे-धीरे ठक्-ठक् करता रहा।

पाँच मिनट की छुट्टी हो गई। इस बीच मेरे वकील साहब ने आकर बताया कि मुकदमा वास्तव में बड़े अच्छे ढंग से बढ़ रहा है। इसके बाद सेलेस्ते की पुकार हुई। बताया गया वह बचाव-पक्ष का गवाह है। बचाव-पक्ष का अर्थ होता था मैं।

सेलेस्ते रह-रहकर मेरी ओर देख लेता और गवाही देते हुए दोनों हाथों से अपना पनामा हैट मसलता जाता। इस समय आप अपना सबसे

अच्छा सूट डाटे थे। पहले एक रविवार को इसी सूट में आप मेरे साथ घुड़दौड़ में गए थे। मगर इस बार देखते ही लगता था कि कॉलर ठीक से नहीं लगा है और कमीज एक पीतल के बटन के सहारे अटकी-भर है। पूछा गया कि क्या मैं उसके ग्राहकों मैं से हूँ तो जवाब दिया,"जी हाँ, साथ-साथ दोस्त भी हैं।" फिर सवाल हुआ कि सेलेस्ते की मेरे बारे में क्या राय है। सेलेस्ते ने कहा कि मैं बहुत भला आदमी हूँ, एकदम चौकस आदमी। पूछा गया, "एकदम चौकस से तुम्हारा क्या अभिप्राय है, जरा खुलासा करो।" तो उसने कहा कि "इसका मतलब हर कोई जानता है।"

"क्या यह आदमी दिल का घुन्ना है?"

"जी नहीं।" सेलेस्ते ने जवाब दिया,"घुन्ना तो मैं नहीं कहूँगा, हाँ, और लोगों की तरह बकवास नहीं करते फिरते।

सरकारी वकील ने जानना चाहा कि जब-जब सेलेस्ते मुझे महीने का बिल देता है क्या मैं नियमित रूप से चुका देता हूँ या हीला-हवाला करता हूँ। इस पर सेलेस्ते हँस पड़ा, "जी, खड़े-खड़े, पाई-पाई चुका देते थे। लेकिन मेरे और इनके बीच बिल तो सिर्फ नाम का होता था।" तब मेरे इस अपराध के बारे में उसका अपना विचार पूछा गया। इस पर जिस ढंग से उसने कठघरे के डंडे पर हाथ रखे, उसी से लगा कि आप बाकायदा भाषण तैयार करके लाए हैं।

"मेरे खयाल से तो चाहे इसे किस्मत की मार कह लीजिए या सिर्फ संयोग। और जब इस तरह की कोई बात हो जाती है तो आदमी यों ही होश-हवास भूल जाता है।"

उसका इरादा तो बोलते जाने का था, लेकिन जज ने बीच ही में टोक दिया, "आप ठीक कहते हैं। अच्छा बस, शुक्रिया!"

पल-भर को तो लगा जैसे सेलेस्ते बौखला उठा। बोला कि अभी उसकी बात ही खत्म नहीं हुई है। बात जारी रखने की आज्ञा तो उसे मिल गई लेकिन संक्षेप में कहने को कहा गया।

लेकिन वह बार-बार यही कहता रहा कि "यह तो केवल एक संयोग की बात है।"

"हो सकता है संयोग ही हो," जज साहब ने कहा, "लेकिन हम लोग भी तो यहाँ इसीलिए बैठे हैं कि ऐसे संयोगों पर कानून की दृष्टि से विचार करें। अब आप जा सकते हैं।"

सेलेस्ते घूमा और मेरी ओर अपलक देखता रहा—आँखें भीगी थीं और होंठ काँप रहे थे, जैसे यही कहना चाहता हो, 'यार, देखो तुम्हारे लिए जो बन पड़ा सो मैंने किया। अब मजबूर हूँ।'

न तो मैं मुँह से कुछ बोला न अपनी जगह से कतई हिला-डुला। लेकिन जिन्दगी में पहली बार एक पुरुष को चूम लेने को मन हुआ।

जज ने फिर सेलेस्ते को अपनी जगह लौट जाने का हुक्म दुहराया। सेलेस्ते आकर भीड़ में अपनी जगह बैठ गया। बाकी सारी सुनवाई के समय, घुटनों पर कुहनियाँ टिकाए, हाथों में पनामा हैट लिये मुकदमे का एक-एक शब्द पीता हुआ जरा-सा आगे झुका हुआ बैठा रहा।

अगला नम्बर मेरी का था। वह टोप लगाए थी। यों खुले बालों में ही वह मुझे अच्छी लगती थी, लेकिन अब भी काफी सुन्दर दीख रही थी। जहाँ मैं बैठा था वहाँ से उसकी मांसल छातियों के उभार झलकते दीख रहे थे। उसका जरा-सा निकला निचला होंठ हमेशा मेरा दिल छीन लेता है। इस समय मेरी शक्ल से बहुत घबराई हुई लग रही थी।

पहला सवाल था कि मुझे वह कितने समय से जानती है। उसने जवाब दिया कि "इनके दफ्तर में साथ काम करती थी, तभी से।" अब

जज ने मेरे और उसके बीच क्या सम्बन्ध थे यह जानना चाहा। वह बोली कि "मैं इनकी महिला-मित्र हूँ।" एक और सवाल के जवाब में उसने स्वीकार किया कि उसने मुझसे शादी करने का वचन दिया है। सरकारी वकील बैठा-बैठा सामने रखा दस्तावेज ध्यान से पढ़ रहा था। जरा तीखे स्वर में उठकर पूछ बैठा, "आप लोगों में 'सहवास' कब से शुरू हुआ?" मेरी ने तारीख बता दी तो उसने बड़ी लापरवाही के अन्दाज में, मानो यों ही चलते-चलते जाने ले रहा हो, पूछ लिया, "यानी कहिए, इनकी माँ की अन्त्येष्टि के बाद वाले दिन से ही तो हुआ न...?" फिर एकदम इस सवाल को यों ही अनुत्तरित छोड़कर उसने हल्के व्यंग्यात्मक लहजे में कहा, "यह विषय कितना नाजुक है, मैं जानता हूँ और यह भी सच्चे दिल से महसूस कर सकता हूँ कि कठघरे में खड़ी नवयुवती की इस पर क्या भावनाएँ होंगी लेकिन..." यहाँ उसकी आवाज में तल्खी आ गई, "लेकिन क्या करूँ, मेरा फर्ज इन कोमल भावनाओं का खयाल करने से रोकता है...।"

इतनी भूमिका के बाद उसने मेरी से उस दिन का सारा ब्योरा सुना देने को कहा जिस दिन मैंने पहली बार उसके साथ 'सम्भोग' किया था। पहले तो मेरी सवाल का जवाब देने को ही तैयार नहीं हुई, लेकिन सरकारी वकील जिद करता रहा। आखिर उसने बता दिया कि किस तरह हम लोग नहाते समय मिले, कैसे सिनेमा गए और फिर कैसे साथ-साथ कमरे पर आए। अब सरकारी वकील ने अदालत को बताया कि इस मुकदमे के सिलसिले में मेरी ने मजिस्ट्रेट के सामने जो बयान दिए थे उनके आधार पर उसने उस तारीख के सिनेमा कार्यक्रमों का अध्ययन किया है कि किस सिनेमाघर में कौन फिल्म चल रही थी। फिर मुड़कर उसने मेरी से उस फिल्म का नाम बताने को कहा जिसे हम लोग देखने

गए थे। बड़ी दबी जबान से मेरी ने बताया कि "कोई फिल्म थी जिसमें फर्नान्देल ने काम किया है।" जैसे ही उसने अपनी बात खत्म की तो अदालत में सन्नाटा छा गया कि सूई भी गिरे तो सुन लो।

बड़ा संजीदा-सा चेहरा बनाकर सरकारी वकील सीधा तनकर खड़ा हो गया और मेरी की ओर उँगली उठाकर जिस लहजे में बोला उससे शर्तिया लगता था कि सचमुच भावोच्छवसित हो उठा है।

"माननीय जूरी महोदय, मैं चाहता हूँ कि आप इस बात पर जरूर गौर फरमाएँ कि माँ की अन्त्येष्टि के ऐन अगले दिन यह व्यक्ति तैरने के घाट पर जाता है, एक लड़की के साथ सहवास शुरू करता है और मजाकिया फिल्म देखने पहुँचता है। बस, मुझे यही कहना है।"

वह बैठा तब भी वही मौन की खामोशी छाई थी। तभी अचानक मेरी फूट-फूटकर रो उठी। कहने लगी कि सरकारी वकील ने उसकी बात को एकदम गलत समझा है। सचमुच ऐसी बात कतई नहीं थी। उसने डरा-धमकाकर उससे ठीक उलटी बात कहलवा ली है। उसका मतलब कभी भी यह नहीं था। वह तो मुझे अच्छी तरह जानती है, उसे पक्का भरोसा है कि मैंने किसी का कुछ नहीं बिगाड़ा...इत्यादि-इत्यादि। प्रधान जज के इशारे पर एक अर्दली मेरी को हटा ले गया। सुनवाई जारी रही।

मैसन अगला गवाह था, लेकिन उसकी बात किसी ने शायद सुनी ही नहीं। उसने बयान दिए कि मैं एक इज्जतदार नौजवान 'और क्या कहा' सज्जन व्यक्ति हूँ। सलामानो ने बताया कि मैं हमेशा से उसके कुत्ते के प्रति कितना दयालु रहा। या मेरी माँ के बारे में पूछे गए एक सवाल के जवाब में उसने कहा कि मेरे और माँ के बीच सचमुच एक-जैसी कोई बात नहीं थी। वो पूरब थीं तो मैं पच्छिम। यही कारण था कि मैंने उन्हें आश्रम में रखने का इन्तजाम किया था। वह बार-बार यह भी

कहता रहा, 'आप लोगों को समझ लेना चाहिए...आप लोगों को समझ लेना चाहिए...।' लेकिन कोई उसकी बात समझता नहीं लगा। किसी ने उसकी बात ही नहीं सुनी। अब उसे भी लौट जाने का हुक्म मिला।

इसके बाद था आखिरी गवाह रेमंड। उसने हाथ हिलाकर मेरा अभिनन्दन किया। मगर मैं बेकसूर हूँ, यह बताते-बताते जाने कहाँ, बहक गया। जज ने उसे झिड़क दिया।

"तुम यहाँ गवाही देने आए हो, मुकदमे पर अपनी राय देने नहीं। जो सवाल पूछा जाए सिर्फ उसी का जवाब दो।"

मृत व्यक्ति से रेमंड के सम्बन्ध कैसे और क्या थे, जब यह सवाल किया गया तो उसे अपनी सफाई देने का अवसर मिल गया। उसने बताया कि मृत व्यक्ति को शिकायत रेमंड से थी, न कि मुझसे; क्योंकि उसी ने मृत अरब की बहन को पीटा था। मेरा उस अरब से क्या लेना-देना? जज ने सवाल किया कि "क्या मुजरिम से नफरत करने की मृत व्यक्ति के पास कोई वजह नहीं थी?" रेमंड बोला, "यह तो सिर्फ इत्तिफाक से ही उस दिन सुबह वहाँ समुद्र-तट पर मौजूद थे।"

"अगर यही है तो..." सरकारी वकील ने सवाल किया, "यह सारी दुर्घटना जिस खत के कारण हुई, वह खत मुजरिम की करतूत कैसे हो गया?"

रेमंड ने जवाब दिया कि "यह भी एक संयोग की ही बात समझिए।"

इस पर सरकारी वकील जल-भुनकर बोला कि लगता है इस मुकदमे में 'संयोग' या सिर्फ 'इत्तिफाक' का बहुत बड़ा हाथ है। "तब क्या इसे भी संयोग ही मान लिया जाए कि जब आपने अपनी प्रेमिका को पीटा तो मुजरिम ने कोई बीच-बचाव नहीं किया? और क्या इस संयोग नाम के जीव की खातिर ही मुजरिम ने थाने में जाकर आपके

लिए हलफ उठाया और उस मौके पर आपके पक्ष में आँखें मूँदकर बयान दे डाले?" सबसे अन्त में सरकारी वकील ने रेमंड की जीविका के साधनों के बारे में जानना चाहा।

जब रेमंड ने बताया कि वह मालगोदाम में नौकर है तो सरकारी वकील ने जूरियों से कहा, "योर ऑनर, हर कोई जानता है कि गवाह औरतों की कमाई पर रहता है। और यह मुजरिम गवाह का जिगरी दोस्त और दाहिना हाथ रहा है।" वकील के हिसाब से, वस्तुत: इस अपराध के मूल में ही अत्यधिक और अवर्णनीय गन्दगी भरी पड़ी थी। इस गन्दगी को और भी घृणित और निन्दनीय बना दिया था मुझ-जैसे नराधम राक्षस के बेहया-बेशर्म व्यक्तित्व ने।

इस पर रेमंड हुज्जत करने लगा। मेरे वकील साहब ने भी आपत्ति की। लेकिन उन्हें यह कहकर रोक दिया गया कि पहले सरकारी वकील को अपनी बात पूरी कर लेने दी जाए।

"मेरी बात खत्म ही है।" कहकर वह रेमंड की ओर घूमा, "तो मुजरिम तुम्हारा दोस्त है न?"

"बेशक। मुहावरे में कहूँ तो हम दोनों में दाँत-काटी रोटी है।"

तब सरकारी वकील ने यह सवाल मुझसे भी किया। मैंने गौर से रेमंड की ओर देखा। उसने निगाहें चुराई नहीं। तब मैंने जवाब दिया, "जी, हाँ।"

अब सरकारी वकील जूरियों की ओर मुड़कर बोला, "जूरी महोदय, आपके सामने कठघरे में बैठा यह आदमी माँ की अन्त्येष्टि के ठीक अगले ही दिन निहायत शर्मनाक अय्याशी में डूबा रहा हो, इतना ही नहीं है बल्कि रंडियों और दलालों की बदनाम दुनिया के 'खून के बदले खून चाहनेवाले' एक दोज़खी के बहकावे में आकर इसने अचानक

एक निहत्थे आदमी की जान भी ले डाली। माननीय जूरी महोदय, देखा आपने, किस तरह का है यह सामने बैठा मुजरिम?"

अभी सरकारी वकील बैठ भी न पाया था कि मेरे वकील साहब ने सारा धीरज ताक पर रखकर अपनी बाँहें कुछ इस तरह ऊँची तान दीं कि उनका चोगा नीचे सरक आया और कलफ लगी आस्तीन पूरी-की-पूरी दीखने लगी।

"मेरे मुवक्किल पर जो मुकदमा इस समय चल रहा है वह माँ की अन्त्येष्टि को लेकर चल रहा है या एक आदमी की हत्या को लेकर?"

ही-ही-ही-ही...अदालत में फिर कुछ बेहूदी हँसी सुनाई दी ही थी कि झट सरकारी वकील उछलकर उठ खड़ा हुआ और अपना चोगा झटके के साथ चारों ओर लपेटकर बोला, "मुझे अपने दोस्त की समझ पर निहायत ही ताज्जुब हो रहा है कि वे मुकदमे की इन दोनों बातों के बीच के गहरे सम्बन्ध को नहीं देख पा रहे। मैं तो कहूँगा कि मनोवैज्ञानिक रूप से दोनों बातें एक ही सूत्र में बँधी हैं।" फिर बड़ी कड़क के साथ कहे गए इस वाक्य से उसने अपनी बात खत्म की कि "मुजरिम पर मेरा अभियोग संक्षेप में यह है कि इसने माँ की अन्त्येष्टि के समय जैसा रवैया दिखाया वह साबित करता है कि मुजरिम के भीतर स्थायी अपराधी-मनोवृत्ति हमेशा काम करती रही।"

लगा, इन शब्दों का जूरियों और जनता पर भरपूर असर पड़ा। मेरे वकील साहब मजबूरी में कन्धे झटकाकर रह गए। उन्होंने माथे का पसीना पोंछा, लेकिन वास्तव में वे भी बुरी तरह बौखला उठे थे। यह सब मुझे अपने हित में भला होता नहीं लगा।

इस घटना के बाद ही अदालत उठ गई। कचहरी से निकलकर जब जेल की गाड़ी में बैठा तभी बस जरा-सी देर के लिए गरमियों की

चिरपरिचित साँझ का आनन्द एक बार फिर महसूस हुआ। उस बंद दौड़ती कोठरी के अँधेरे में बैठे-बैठे ही मैंने शहरी जीवन में गूँजनेवाली आवाजें पहचानीं...वे आवाजें पहचानीं जो गोधूलि के समय शहर से उठा करती हैं। कभी कितनी प्यारी थीं ये आवाजें मुझे...कितनी अच्छी लगती थीं मुझे गरमियों की घिरती साँझ! भारी बोझिल वातावरण और उसमें अखबारवाले लड़कों का चिल्लाना...सार्वजनिक बगीचे में पक्षियों की आखिरी चहचहाट...सैंडविच के फेरीवालों की पुकारें...ऊँचे शहर के ढालू मोड़ पर ट्रामों की चिचियाहट...बन्दरगाह पर छन-छनकर उतरता हुआ अँधेरा और उस क्षण आसमान से हल्की-हल्की सरसराहट का स्वर... ये सारी आवाजें मेरे थके मस्तिष्क में गूँज रही थीं और इन्हें सुनते हुए जेल की तरफ लौटना ऐसा लग रहा था मानो कोई अन्धा, चप्पा-चप्पा परिचित रास्ते से होता हुआ चला जा रहा हो...।

हाँ, साँझ का यही तो क्षण है जब जिन्दगी में अकथनीय सुख और सन्तोष महसूस हुआ करता था! अब तो लगता है, युग बीत गए। ऐसे ही क्षण के बाद तो निःस्वप्न और निश्चिन्त निद्रा-भरी रातें बाँहें खोलकर मेरी प्रतीक्षा किया करती थीं...आज भी वही क्षण था, लेकिन कितना अन्तर! आज मैं अपनी काल-कोठरी को लौट रहा था...आज मेरी प्रतीक्षा में बाँहें फैलाए थी आनेवाले दिन की मनहूस आशंकाओं से कुलबुलाती रात...। और तब मैंने जाना कि गरमियों की सान्ध्य-गोधूलि को चीरकर जानेवाली चिरपरिचित पगडंडियाँ मासूम और बेफिक्र नींद को जादुई दुनिया में ही नहीं ले जातीं...जेल की मनहूस दीवारों के भीतर भी ले जाती हैं...।

चार

खुद आदमी चाहे अदालत के कठघरे में ही क्यों न खड़ा हो, उसे यह हमेशा अच्छा लगता है कि लोग उसकी चर्चा करें, वह उनकी बातों का केन्द्र हो। सरकारी वकील और मेरे वकील साहब ने जो इतना सब कुछ कहा था, वह सब मेरे बारे में ही तो था। हाँ, हाँ, उनकी कही सारी बातें मेरे अपराध के बारे में कम, मेरी अपनी जात के बारे में ही ज़्यादा थीं।

वस्तुत: दोनों के भाषणों में कोई बहुत ज़्यादा विरोध या अन्तर नहीं था। बचाव-पक्ष के वकील ने दोनों हाथ ऊपर आकाश की ओर उठाकर अपराध स्वीकार कर लिया था लेकिन साथ ही कहा था कि अपराध ऐसी लाचारी की हालत में किया गया कि उसकी गुरुता कम हो जाती है। सरकारी वकील ने भी उसी तरह हाथ आसमान की ओर उठाए थे, लेकिन माना यह था कि मैंने अपराध किया है और अपराध किसी भी लाचारी की हालत में नहीं किया गया, न ही उसकी गुरुता कम होती है।

यहाँ आकर मुकदमे की एक बात से मुझे बड़ी चिड़चिड़ाहट महसूस हुई, ये लोग जो कुछ कह रहे थे वह मेरे ही हित के लिए तो

था, और मुझे ही सबसे ज़्यादा दिलचस्पी होना स्वाभाविक था। इसलिए कई बार कुछ बोलने को मेरा भी मन हुआ। लेकिन वकील साहब ने कह रखा था कि मैं बिलकुल न बोलूँ। खास चेतावनी दी थी कि 'तुम बोलोगे तो मुकदमा बिगड़ जाएगा।' सचमुच, मुझे तो ऐसा लगता था कि जैसे यह तो इस सारी कार्यवाही से मुझे बाकायदा अलग रखे रहने की साजिश है कि मैं मुँह सिये बैठा रहूँ और ऊपर-ही-ऊपर मेरी किस्मत का वारा-न्यारा हो जाए।

कभी-कभी उन लोगों की बात काटने का कितना मन करता था और इस इच्छा को मैं कैसे बस में रखता था, मैं ही जानता हूँ। जी में होता था कि कह दूँ कि 'इस सबकी ऐसी-तैसी। मैं पूछता हूँ कि मुकदमा चल किस पर रहा है? जिस आदमी पर हत्या का इलजाम लगाया गया है उसके लिए तो जिन्दगी और मौत का सवाल है? इसलिए मैं जो कुछ कहूँगा वही सचमुच बहुत महत्त्वपूर्ण और जरूरी है।'

मगर फिर जब अपनी बात पर विचार करता तो लगता कि कहने के लिए तो कुछ है ही नहीं। बहरहाल, यह मैं मानता हूँ कि अपने बारे में सुनने में भी आदमी की शीघ्र ही उतनी दिलचस्पी नहीं रह जाती। सरकारी वकील का भाषण अभी आधा भी नहीं हुआ था कि मैं बुरी तरह ऊबने लगा। हाँ, कहीं-कहीं कुछ चीजें जरूर ऐसी थीं जिन्होंने मुझे खींचा, जैसे बीच-बीच में किया गया मुहावरों का उपयोग, क्षण-क्षण पर बदलती वकील की मुख-मुद्राएँ और हाव-भाव, तेज-तर्रार हमले। लेकिन ये सब बातें भी मुझे अलग-अलग ही अच्छी लगीं, भाषण का अंग बनकर नहीं।

मेरी समझ में जो बात आई, वह यह कि सरकारी वकील सारी बात को एक विशेष दिशा दे रहा है और वह यह कि अपराध मैंने खूब

सोच-विचारकर, पूरी तैयारी के साथ किया है। याद आता है एक बार उसने कहा था, "जूरी महोदय, मैं अपनी बात को राई-रत्ती सिद्ध कर दूँगा। एक तरफ तो आपके सामने अपराध के सारे तथ्य दिन की रोशनी की तरह उजागर हैं, दूसरी तरफ वह पक्ष भी मौजूद है जिसे मैं आपके अपराध का 'काला पक्ष' कहता हूँ, अर्थात् अपराधी मनोवृत्ति की काली करतूतें और भीतरी चालें।"

कहकर उसने माँ की मृत्यु के बाद से लेकर सारे तथ्य समेटने शुरू किए। जिन बातों पर उसने विशेष जोर दिया वे थीं, मेरी हृदयहीनता, मेरा माँ की उम्र न बता पाना, नहानेवाले घाट पर जाकर मेरी से मुलाकात करना, फर्नान्देल की फिल्म का दोपहरवाला शो देखना, और सबसे अन्त में मेरी को लेकर कमरे पर आना। पहले जब कई बार उसने 'अपराधी की प्रेमिका' का जिक्र किया तो मेरी समझ में उसका मतलब ही नहीं आया, क्योंकि मेरे लिए तो वह केवल 'मेरी' थी। इसके बाद उसने रेमंड की बात उठाई। सारी बात को रखने के उसके ढंग में ही मुझे खास चालाकी की गन्ध आती थी। उसने जो-जो बात और जिस-जिस ढंग से कही वह सब सुनने में बहुत सही और तर्क-संगत लगती थी। मैंने रेमंड के साथ साजिश करके खत लिखा, खत के भुलावे में आकर उसकी प्रेमिका रेमंड के कमरे में आ गई, यहाँ उसे उस 'सन्दिग्ध-चरित्र' व्यक्ति के हाथों दुर्व्यवहार सहना पड़ा। फिर समुद्र के किनारे जाकर मैंने रेमंड के दुश्मनों के साथ फसाद खड़ा किया, उसमें रेमंड घायल हो गया। उससे पिस्तौल माँगकर खुद उसका इस्तेमाल करने की नीयत से वापस वहीं पहुँचा और जाकर अरब पर गोली चलाई। पहली गोली चलाकर मैं रुका, फिर उसे पूरी तरह ठिकाने लगाने के खयाल से जान-बूझकर अपने निरीह-निहत्थे शिकार पर धाँय-धाँय चार गोलियाँ और दाग दीं।

"तो यह है मेरी दलील और मुकदमे का स्वरूप।" बात खत्म करके सरकारी वकील बोला, "अपने काम और परिणाम को अच्छी तरह जानते-बूझते किस तरह इस व्यक्ति ने मृतक की हत्या की और वहाँ तक का क्या घटना-क्रम रहा, सब कुछ मैंने आप लोगों के सामने रख दिया है। अब यहाँ मैं एक बात पर और जोर देना चाहता हूँ। अचानक पागलपन में आकर कोई किसी की जान ले ले, इस तरह के पागलपन को ही 'लाचारी की हालत' में किया गया ऐसा अपराध माना जा सकता है जहाँ अपराध की गुरुता कम हो जाती है। हमारा यहाँ उससे कोई वास्ता नहीं। क्योंकि जूरी महोदय, मैं जिस बात पर आपसे गौर फरमाने की प्रार्थना करता हूँ, वह यह है कि मुजरिम पढ़ा-लिखा आदमी है। जिस ढंग से उसने मेरे सवालों के जवाब दिए, उन पर आपने खुद गौर किया होगा। यह आदमी अक्लमन्द और मेधावी है और शब्दों का महत्त्व-मूल्य जानता है। इसलिए मैं फिर दुहराता हूँ कि जुर्म करते समय इसे यही पता नहीं था कि कर क्या रहा है, ऐसा मान लेना किसी भी हालत में मुमकिन नहीं है।"

मैंने देखा कि सरकारी वकील ने मेरे 'अक्लमन्द और मेधावी' होने पर काफी जोर दिया और इस बात ने मुझे खासा चक्कर में डाल दिया कि सामान्य आदमी में जो बात गुण मानी जाती है, उसे ही अभियुक्त के अपराध के लिए अकाट्य तर्क के रूप में इस्तेमाल किया जाए। मेरा दिमाग इसी में उलझा था इसलिए उसने आगे जो कुछ कहा वह नहीं सुन पाया। सुना उस समय जब वह तैश में आकर चिल्ला-चिल्लाकर कह रहा था, "अपने इस घृणित और निन्दनीय अपराध पर अफसोस और प्रायश्चित्त का एक शब्द भी इसके मुँह से फूटा? एक शब्द नहीं! जूरी महोदय, एक शब्द नहीं! इस सारी कार्यवाही के दौरान में इस

आदमी ने भूलकर भी तो एक बार अपने पाप के लिए पछतावा या खेद प्रकट किया होता!"

कठघरे की ओर घूमकर उसने मेरी ओर उँगली तानकर इशारा किया और उसी तरह, उसी लहजे में बोलता रहा। मेरी समझ में ही नहीं आ रहा था कि वह बार-बार इसी बात की रट क्यों लगाए है? यों, यह मैं जरूर मानता हूँ कि उसकी बात सही थी, अपने किए पर मुझे बहुत पछतावा था भी नहीं। फिर भी मुझे लगा कि उसने बात को ज़रूरत से ज़्यादा खींच डाला है। मन में तो आया कि एक बार बड़े दोस्ताने ढंग से, बहुत ही आत्मीयता के साथ उसके कन्धे पर हाथ रखकर समझा दूँ कि 'भाईजान, अपनी सारी जिन्दगी में किसी बात को लेकर इस खाकसार को कभी पछतावा हुआ ही नहीं। यहाँ तो अपने वर्तमान या तत्काल भविष्य को लेकर ही इतने मस्त रहे हैं कि पीछे मुड़कर देखने की फुरसत ही नहीं मिली।' मगर इस समय जिस झमेले में मुझे फँसा दिया गया था, उसमें इस लहजे के साथ किसी से बात करने का सवाल ही नहीं पैदा होता। अब तो मुझे यह हक ही नहीं था कि किसी के प्रति दोस्ती या सद्भावना मन में रख सकूँ। इसलिए आगे जो कुछ हो रहा था मैं उसे ही समझने की कोशिश करने लगा। इस समय सरकारी वकील जिस चीज पर विचार कर रहा था वह थी उसके शब्दों में 'मेरी अन्तरात्मा'।

वह बोला, "मैंने बड़े ध्यान से इस आदमी की 'अन्तरात्मा' का अध्ययन किया है, लेकिन जूरी महोदय, मैं सच कहता हूँ मुझे इसमें आत्मा नाम की चीज का नामोनिशान नहीं मिला। यह भीतर से खोखला और शून्य है। विश्वास कीजिए, इस आदमी में कोई अन्तरात्मा नहीं है, कोई मानवीय भावना नहीं है, इसके मन में, सोचने-विचारने

के ढंग में सामान्य आदमियों वाला कोई नैतिक गुण, या सदसद् विवेक नहीं है।"

इसके बाद आगे उसने यह भी कहा, "बेशक, जो कुछ इसमें नहीं है उसके लिए हम इसे बुरा-भला क्यों कहें? जिसे पा लेना आदमी के वश में ही नहीं है उसके न होने के लिए किसी को दोषी कैसे ठहराया जा सकता है? लेकिन फिर भी, देखना यह है कि फौजदारी-अदालत में जिस कटु-कठोर और महान् आदर्श की ज़रूरत होती है वह है 'न्याय', 'सहनशीलता' और 'क्षमा' जैसे निष्क्रिय और निर्जीव आदर्श नहीं। खासतौर पर यह निर्दय न्याय उस समय तो और भी जरूरी हो जाता है जब स्वस्थ और सुन्दर उदार भावनाओं की कमी समाज के लिए अभिशाप बन जाए, जैसी कि आपके सामनेवाले इस आदमी में हो गई है।" इतना कहने के बाद पेशी के समय कही गई सारी बातों को दोहराते हुए उसने माँ के प्रति मेरे व्यवहार की फिर से खाल उधेड़नी शुरू की। लेकिन इस बार मेरे अपराध को लेकर वह पहले से कहीं अधिक विस्तार में बोला और इस तरह बाल की खाल निकालता चला गया कि मेरे लिए तो बातों का सिर-पैर ही गायब हो गया। होश रह गया सिर्फ इतना ही कि गरमी धीरे-धीरे बढ़ती चली जा रही है।

एक स्थिति ऐसी आई कि सरकारी वकील का बोलना आखिर रुका। थोड़ी देर चुप रहा, फिर कँपकँपाती धीमी आवाज में बोला, "जूरी महोदय, कल यही अदालत अपराध की दुनिया के निकृष्टतम अपराध, अर्थात् बेटे द्वारा बाप की हत्या, पर विचार करने जा रही है। इसकी तो मैं किसी तरह कल्पना नहीं कर पाता कि बेटा बाप को मार डाले, लेकिन मैं आशा करता हूँ कि न्याय बिना किसी रू-रियायत के अपना फर्ज अदा करेगा। मगर साथ-साथ मैं निःसंकोच यह भी कहता हूँ कि

इस आदमी की क्रूरता, हृदय-हीनता और बेहयाई को देखकर मेरे दिल में जो भयानक नफरत जागती है उसके सामने पितृ-हत्या के अपराध की भीषणता भी फीकी पड़ जाती है।

"नैतिक रूप से अपनी माँ की मौत का यही आदमी जिम्मेदार है और किसी भी हालत में उस आदमी से यह भी उन्नीस नहीं है, जिसने अपने जन्मदाता बाप की हत्या कर डाली। यह भी उसी बिरादरी में शामिल होने का हकदार है। एक अपराध से ही दूसरे अपराध का जन्म होता है, यह स्वयंसिद्ध है। मुजरिम दो हैं और दोनों में पहला यह आपके सामने कठघरे में है। अगर मुझे कहने की आज्ञा हो तो कहूँगा कि इसी ने उस दूसरे जुर्म का आदर्श सामने रखा है, यानी उस दूसरे आदमी को पितृ-हत्या का अधिकार दिया है। जी हाँ, जूरी महोदय," यहाँ वकील की आवाज ऊँची होकर एक विशेष लहजे में बदल गई, "कल की अदालत में हत्या का जो मुकदमा पेश होने जा रहा है, उसका वास्तविक अपराधी भी यही आदमी है, अगर यह कहूँ तो मुझे विश्वास है कि आप लोग इसे मुजरिम के खिलाफ मेरी ज्यादती नहीं मानेंगे और न यही समझेंगे कि मैं तिल का ताड़ बनाए दे रहा हूँ। मुझे उम्मीद है कि आप अपना फैसला इस बात को ध्यान में रखकर देंगे।"

इसके बाद सरकारी वकील मुँह का पसीना पोंछने के लिए रुका और फिर बताने लगा कि उसका फर्ज कितना कड़वा और कठोर है, लेकिन बिना माथे पर शिकन लाए वह उस फर्ज को पूरा करेगा। "मैं फिर कहता हूँ, जिन लोगों के आधारभूत सिद्धान्तों की यह आदमी जी भरकर खिल्ली उड़ाता रहा है उन लोगों की बिरादरी में इसके लिए कोई स्थान नहीं है। इस जैसे हृदयहीन आदमी को दया पाने का हक नहीं है। मैं अदालत से अनुरोध करता हूँ कि बिना किसी रहम-मुलाहिजे के

कानून की रू से इसे कड़े-से-कड़ा दंड दिया जाए। ऐसी माँग करते हुए मुझे कोई दुविधा, कोई संकोच या झिझक नहीं है। अपने पेशे के लम्बे अर्से के दौरान में अकसर ही मुझे आप लोगों के सामने अपने फर्ज की खातिर बहुत बार मौत की सजा की माँग करनी पड़ी है, लेकिन सच मानिए इस मुकदमे में मौत की सजा की माँग करते हुए मैं मन में जैसा हल्कापन और सन्तोष अनुभव कर रहा हूँ वैसा इस दुखदायी कर्तव्य को निबाहते हुए मैंने कभी नहीं किया। अपराध की गुरुता कम करनेवाली लाचारी की हालत में यह हत्या कतई नहीं की गई, इसलिए इस तरह के फैसले की माँग करके मैं अपनी आत्मा की पुकार और पवित्र कर्तव्य की जिम्मेदारी ही नहीं निबाह रहा बल्कि मुजरिम को देखकर मन में अपने-आप उमड़ उठनेवाले सात्विक, न्यायसंगत क्रोध का आदेश भी पूरा कर रहा हूँ; क्योंकि इस आदमी में मानवीय-भावना की कहीं कोई चिनगारी शेष नहीं रह गई है।"

सरकारी वकील उठ गया लेकिन एक लम्बा सन्नाटा चलता रहा। एक तो गरमी और दूसरे, इस सबको सुनकर मैं तो अथाह आश्चर्य के सागर में डुबकियाँ लगाने लगा। प्रधान जज ने धीरे-से खाँसकर गला साफ किया और बड़ी गिरी-सी आवाज में मुझसे पूछा कि इस पर मुझे तो कुछ नहीं कहना। मैं उठा। चूँकि बोलने की लहर मन में आ रही थी, इसलिए जो भी मुँह में आया बोलने लगा कि अरब को मारने की मेरी कतई नीयत नहीं थी। इस पर जज ने जवाब दिया कि अदालत मेरे इस बयान का खयाल रखेगी। फिर भी तुम्हारे वकील साहब अदालत के सामने अपनी बात कहें, इससे पहले हम तुम्हारे मुँह से ही यह जानना चाहते हैं कि इस जुर्म के पीछे आखिर तुम्हारी मंशा क्या थी? अभी तक तो तुम्हारे बचाव का कोई सिर-पैर ही मेरी समझ में नहीं आता।

मैंने बताना चाहा कि यह सब धूप और गरमी के कारण हुआ, लेकिन मैं कुछ ऐसी तेजी से बोला कि शब्द एक-दूसरे से आगे निकलने की होड़ करने लगे। हाँ, यह होश मुझे जरूर था कि जो कुछ मैं कह रहा हूँ, सुननेवालों को निरी बकवास लग रहा है। मैंने लोगों को मखौल उड़ाते हुए और ही-ही हँसते हुए भी सुना।

बड़े हताश भाव से मेरे वकील साहब ने कन्धे झटके। आदेश मिला कि इस बार वे अदालत के सामने अपनी बात कहेंगे। मगर उन्होंने आकर सिर्फ इतना ही कहा कि बहुत वक्त हो गया है, इसलिए सुनवाई कल शाम के लिए मुल्तवी कर दी जाए। जज ने उनकी बात मान ली।

अगले दिन मुझे फिर अदालत लाया गया। घुटी-घुटी हवा को बिजली के पंखे मथे जा रहे थे और जूरी लोग हाथ के छोटे-छोटे रंग-बिरंगे पंखों को धीरे-धीरे एक ताल पर घुमाए जा रहे थे। बचाव का भाषण इतना लम्बा था कि लगा इसका कभी अन्त नहीं होगा। फिर भी एक जगह मैंने कानों पर जोर देकर सुना। इस समय वकील साहब कह रहे थे, "यह सही है कि मैंने एक आदमी की हत्या की।" इस प्रकार जहाँ मेरा जिक्र आता वहाँ वे 'मैं', का प्रयोग करके अपनी उसी लय में बोलते रहे। मुझे यह सब इतना अजीब लगा कि दाहिनी ओर वाले सिपाही की ओर झुककर पूछा, "यह क्या मामला है भाई?" पहले तो उसने डाँट दिया, "चुप रहो"। पर फिर समझाया, "ऐसा ही कायदा है।" इसके पीछे भी मुझे एक यही उद्देश्य लगा कि अपने मुकदमे से जहाँ तक हो सके मुझे दूर ही रखा जाए। या यों कह लीजिए कि मेरी जगह वकील को रखकर खुद मुझे तसवीर से निकाल बाहर किया जाए। पर खैर, इस सबसे क्या आना-जाना! मुझे तो खुद महसूस हो

रहा था जैसे मैं, इस सारी कष्टप्रद कार्यवाही से, इस अदालती दुनिया से हजारों-लाखों मील दूर हूँ।

बहरहाल, मुझे अपने वकील साहब इतने ज़्यादा कच्चे और कमजोर लग रहे थे, हँसी आती थी। जल्दी-जल्दी क्षणिक आवेश और उत्तेजनावाली दलीलें दे-दिलाकर अब वे भी मेरी 'अन्तरात्मा' पर उतर आए थे। मगर मुझे साफ लग रहा था कि उनमें सरकारी वकील-जैसी प्रतिभा और तेज नहीं है।

"योर ऑनर," वे बोले, "मैंने भी इस आदमी की अन्तरात्मा का गहराई से अध्ययन किया है। लेकिन अपने विद्वान् मित्र, सरकारी वकील की तरह वहाँ कुछ न मिला हो, ऐसा नहीं है। मुझे वहाँ बहुत-कुछ मिला। मैं झूठ नहीं कहता, मैंने मुजरिम के दिमाग को खुली किताब की तरह पढ़ा है;" और वकील साहब ने जो कुछ पढ़ा था वह यह था कि मैं बहुत ही अच्छा नवयुवक हूँ। दृढ़-चरित्र, मालिक के लिए जान देनेवाला, खुद भला-बुरा समझनेवाला नौकर हूँ, सब जगह बहुत लोकप्रिय हूँ और दूसरों की मुसीबत में काम आता हूँ। इस प्रकार अपने वकील साहब के अनुसार मैं निहायत ही कर्तव्यपरायण पुत्र था और जब तक मुझसे बना, मैंने अपनी माँ का भरण-पोषण किया। पर फिर काफी सोच-विचार के बाद इसी नतीजे पर आया कि आश्रम में भरती होकर बुढ़िया ज़्यादा सुख-शान्ति पाएगी। मेरे पास इतने साधन नहीं थे कि मैं खुद माँ को इस प्रकार की सुख-शान्ति दे पाता।" इस जगह वकील साहब ने यह भी कहा कि "माननीय जूरी महोदय, मेरे विद्वान मित्र ने जिस ढंग से इस आश्रम का जिक्र किया हैं उससे मैं स्तब्ध रह गया हूँ। इस प्रकार की संस्थाओं की श्रेष्ठता का प्रमाण ही आपको चाहिए तो इतना ध्यान कर लेना काफी होगा कि सरकार

द्वारा ही इन संस्थाओं को नैतिक और आर्थिक प्रोत्साहन और सहायता मिलती है।" मैंने देखा कि वकील साहब ने अन्त्येष्टि का तो कहीं जिक्र ही नहीं किया। लगा कि यह तो काफी महत्त्वपूर्ण बात छूटी जा रही है। लेकिन इनकी लम्बी-चौड़ी पैंतरेबाजी, अगणित दिनों और घंटों मेरी 'अन्तरात्मा' को लेकर की गई माथा-पच्ची और बाकी बातों से मेरी यह हालत हो गई थी कि दिमाग काम ही नहीं करता था और हर चीज भूरे-भूरे तरल कुहरे में घुलती नजर आती थी।

बस, अन्त की ओर की एक ही बात याद बनी है। वकील साहब अपनी बकवास किए चले जा रहे थे। तभी अचानक सड़क पर आइसक्रीम बेचने वाले का कनस्तर बजता सुनाई दिया। शब्दों के इस अजस्र प्रवाह को चीरती हुई तीखी आवाज क्षण-भर को आई और मन में स्मृतियों का बाँध टूट पड़ा...ये स्मृतियाँ उस जिन्दगी की थीं जो अब मेरी नहीं रह गई थीं—उन दिनों की थीं जिन्होंने कभी निश्चित और छोटे-से-छोटे सुख में मुझे सुखी रखा था...वे गरमियों के दिनों की आत्मीयता और ऊष्मा-भरी गन्ध-लहरियाँ...वे मेरी प्रिय सड़कें और वह सँझाता आसमान...मेरी के शरीर के कपड़े और उसकी वे उन्मुक्त खिलखिलाहटें...सभी कुछ तो उस पल मेरे सामने कौंध गया। इस समय जो कुछ सामने हो रहा था वह इतना ज़्यादा व्यर्थ और बेकार लगा जैसे कोई मेरा गला दबा रहा हो और मेरा जी मिचला रहा हो। बस, यही मन में आता था कि जैसे भी हो इस बवाल से जान छूटे और अपनी कोठरी में जाकर पड़ रहूँ...लम्बी तानकर खूब सोऊँ, खूब सोऊँ...।

बहुत धुँधला-धुँधला-सा सुना, वकील साहब आखिरी बार अपील कर रहे थे :

"माननीय जूरी महोदय, मुझे विश्वास है कि आप अच्छे-भले, गुणी और परिश्रमी नौजवान को सिर्फ इसी आधार पर फाँसी नहीं देंगे कि एक मनहूस घड़ी में उसका अपने पर काबू नहीं रहा था। अब जिन्दगी-भर के लिए जिस परिताप और आत्म-भर्त्सना की भट्ठी में भुनना इसकी किस्मत में लिख दिया गया है, क्या वही सजा इसके लिए काफी नहीं है? मैं बड़े आत्मविश्वास के साथ आपके फैसले की राह देख रहा हूँ, क्योंकि जानता हूँ कि फैसला एक ही है और वह है लाचारी की हालत में की गई हत्या—एक ऐसी परिस्थिति में किया गया अपराध जिसमें अपराध की गुरुता कम हो जाती है।"

अदालत उठ गई। वकील साहब अपनी जगह आ बैठे। शक्ल से थककर चूर-चूर लगते थे। उनके कुछ साथियों ने जा-जाकर उनसे हाथ मिलाए। एक को कहते सुना, "यार, आज तो तुमने झंडे गाड़ दिए!" एक और वकील ने मुझसे ही समर्थन चाहा, "भाई वाह, कमाल कर दिया न!" मैं झूठ-मूठ का मान गया। वरना सचाई तो यह थी कि मैं खुद इतना थक गया था कि वकील साहब ने 'कमाल' किया या नहीं, यह बताने लायक नहीं था।

इस बीच दिन ढलने लगा था और गरमी उतनी नहीं रह गई थी। सड़क से सुनाई पड़ती कुछ अस्पष्ट-सी आवाजों से जाना कि बाहर चारों ओर साँझ की शीतलता फैल गई है। हम सब बैठे-बैठे प्रतीक्षा किए जा रहे थे और जिस बात की प्रतीक्षा कर रहे थे वस्तुत: उसका सम्बन्ध किसी और से नहीं मुझसे और केवल मुझसे था, मेरे भविष्य से था। मैंने कचहरी के कमरे में चारों ओर निगाहें घुमाकर देखा। हू-ब-हू पहले दिन जैसा था। हल्के सलेटी सूटवाले पत्रकार और 'चाभी-भरी कठपुतली' औरत से आँखें मिलीं तो याद आया कि इस सारी सुनवाई

के दौरान मैंने एक बार भी मेरी से नजरें मिलाने की कोशिश नहीं की। उसे भूल गया होऊँ, ऐसा नहीं था। बल्कि मन अन्य दूसरी बातों में ही इतना उलझा रहा था कि उसका खयाल ही नहीं रहा। अब देखा, वह सेलेस्ते और रेमंड के बीच में बैठी थी। उसने मुझे देखकर धीरे से हाथ हिलाया, मानो कहना चाहती हो कि 'तो आखिरकार वह क्षण आ ही गया।' वह मुस्करा रही थी, पर मुझे पता था कि मन बहुत व्यग्र और चिन्तित है। लेकिन मेरा दिल तो मानो पथरा गया था। जवाब में मुझसे मुस्कराते भी नहीं बना।

जज लोग वापस अपनी-अपनी कुर्सियों पर आ बैठे। किसी ने जूरियों के सामने एक लम्बी प्रश्न-माला पढ़कर सुनाई। यहाँ-वहाँ मैंने एकाध शब्द सुना : 'पहले से सोच-विचारकर द्वेषवश की गई हत्या... आवेश और उत्तेजना... अपराध की गुरुता कम करनेवाली लाचारी की हालत...।' इस बार जूरी लोग उठकर बाहर चले गए। मुझे भी फिर उसी बगलवाले कमरे में ले आया गया, जहाँ पहले-पहल बिठाया था। वकील साहब मिलने आए। बहुत ज़्यादा बातें कर रहे थे और इतनी आत्मीयता और अपनापन दिखा रहे थे, जितना पहले कभी नहीं दिखाया। भरोसा दिलाया कि सब ठीक-ठाक हो जाएगा और सिर्फ कुछ साल की सजा या कालेपानी में ही सनीचर टल जाएगा। मैंने पूछा कि एकदम बरी होने की कोई सम्भावना है या नहीं? बोले, ऐसी उम्मीद तो नहीं है। जब तक कोई कानूनी आधार न हो, एकदम बरी होने का कोई सवाल नहीं उठता और कानून का कोई नुक्ता उन्होंने जान-बूझकर नहीं उठाया। इससे बेकार ही जूरियों के दिमाग में पहले से गलतफहमी बैठ जाती। मैंने उनका दृष्टिकोण समझकर बात मान ली। तटस्थ भाव से देखने पर मुझे उनकी बात सही भी लगी, वरना मुकदमेबाजी और कानूनी

उखाड़-पछाड़ का तो कोई अन्त ही नहीं है। वकील साहब बताने लगे, "बहरहाल, साधारण ढंग से जैसे अपील की जाती है, तुम भी एक अपील कर देना। वरना मुझे तो सोलहों आने विश्वास है कि फैसला तुम्हारे ही हित में होगा।"

हम लोग काफी देर, कहना चाहिए, पौन घंटे से ऊपर ही प्रतीक्षा करते रहे, तब कहीं जाकर एक घंटी बजने की आवाज सुनाई दी। वकील साहब यह कहते हुए चले गए, "अब जूरियों का मुखिया जवाब पढ़कर सुनाएगा। इसके बाद फैसला सुनने के लिए तुम्हें बुलाया जाएगा।"

धाड़-धाड़ कुछ दरवाज़े बजे। कुछ लोगों के धम-धम जीना उतरने की आवाज आई। वे लोग पास ही थे या दूर, यह नहीं मालूम। इसके बाद अदालत के कमरे में किसी की एक लय से भनन्-भनन् करती आवाज सुनाई दी।

दुबारा घंटी बजी तो मैं फिर से बाहर के कठघरे में आ गया। अदालत के कमरे का सन्नाटा मानो चारों ओर से शिकंजे की तरह मुझे भींचने लगा और इस दमघोंटू सन्नाटे के साथ जब मैंने देखा कि वह युवक पत्रकार पहली बार मुझसे निगाहें चुरा रहा है तो एक अजब सनसनी-सी मेरे तन-मन में व्याप गई। जिस तरफ मेरी बैठी थी, मैं उधर नहीं देख पाया। वक्त ही नहीं मिला, क्योंकि तभी प्रधान जज ने कुछ इस आशय की एक लम्बी-चौड़ी बकवास सुनानी शुरू कर दी कि 'फ्रांसीसी जनता के नाम पर' मुझे किसी 'चौराहे के बीच में खड़ा करके' मेरी 'गरदन उड़ा दी जाए।'

उस समय मुझे लगा कि उपस्थित लोगों के चेहरों का भावार्थ मैं समझ रहा हूँ, और यह भाव था लगभग सम्मानपूर्ण सहानुभूति

का। सिपाही भी मेरे साथ बड़ी नरमी से व्यवहार कर रहे थे। वकील साहब का सान्त्वना देता-सा हाथ मेरी कलाई पर रखा था। मेरा दिमाग उस समय बिकुल शून्य था। मैंने एकदम सोचना बन्द कर दिया था। जज की आवाज पूछती सुनाई दी, "तुम्हें कुछ और कहना है?" क्षण-भर सोचकर मैं बोला, "जी नहीं।" और तब सिपाही मुझे बाहर ले आए।

पाँच

अभी-अभी जेल के पादरी से तीसरी बार मिलने से इनकार किया है। न तो मेरे पास उससे करने लायक बात है और न बात करने का मन करता है। बहरहाल, बहुत जल्दी भेंट तो करूँगा ही। मेरी तो सारी दिलचस्पी इन दिनों एक ही चीज़ में है कि कैसे इस सारी मशीन की आँखों में धूल झोंक पाऊँ। जानना यही चाहता हूँ कि इस अपरिहार्य भवितव्य में कहीं कोई गुंजाइश, कहीं कोई फाँक भी है या नहीं?

मुझे दूसरी कोठरी में हटा दिया गया है। यहाँ चित्त लेटने से आसमान दिखता है, कुछ और देखने को है भी नहीं। दिन का मुसाफिर रात की दिशा में बढ़ता रहता है। और आसमान के इन्हीं बदलते रंगों को देखते-देखते सारा समय चला जाता है। मैं सिर के नीचे हाथ रखकर ऊपर ताकता रहता हूँ...ताकता रहता हूँ और प्रतीक्षा करता रहता हूँ...।

गुंजाइश या दरार खोज लेने की यह समस्या भूत की तरह दिमाग पर सवार है। आजकल तो हर समय एक ही बात सोचता रहता हूँ, क्या इस तरह की घटनाएँ हुई ही नहीं कि प्राण-दंड पाए हुए कैदी

न्याय की निर्दय अमोघ मशीन के पंजे से छूटकर, पुलिस के घेरे को तोड़ते हुए, गरदन पर 'गिलोटिन' (गँड़ासा) पड़ने से पल-भर पहले ऐन समय नौ-दो-ग्यारह हो गए हों? मैं ही जानता हूँ कितना-कितना कोसा है मैंने अपने-आपको कि सरे-बाजार फाँसी लगने के विवरणों की तरफ मैंने पहले कभी ध्यान क्यों नहीं दिया? हमेशा आदमी को ऐसी चीजों में दिलचस्पी लेते रहना चाहिए, कौन जाने किस समय कैसा मौका आ पड़े! फाँसी के वर्णन अखबारों में तो मैंने भी औरों की तरह पढ़े हैं, लेकिन इस विषय का भी तकनीकी वर्णन करनेवाली पुस्तकें भी तो आखिर होंगी ही। उन्हें खोजने की तरफ मैंने कभी ध्यान ही नहीं दिया। कौन जाने इन्हीं किताबों में मुझे भाग निकलनेवालों की कुछ कहानियाँ मिल जातीं! और जब वे कहानियाँ बच निकलनेवालों की होतीं तो जरूर ही उनमें बताया गया होता कि कैसे इस मशीन के पहिए एक बार रुक गए थे, कैसे घटनाओं की दुर्दान्त दौड़ में सिर्फ एक बार—काश, सिर्फ एक बार—संयोग या सौभाग्य ने ऐसा गुल खिला दिया था कि सारा नक्शा ही बदल गया। बस, मुझे तो केवल एक उदाहरण चाहिए। इस तरह की अकेली घटना एक तरह से मुझे कितनी बड़ी सान्त्वना, कितना मानसिक सन्तोष दे जाती! बाकी रंग तो मेरी भावनाएँ खुद ही भर डालतीं। अखबारों में अकसर लोग 'समाज के ऋण' की चर्चा करते हैं। कहते हैं कि अपराधी को तो हर हालत में कर्ज चुकाना ही चाहिए। लेकिन इस तरह की ये चर्चाएँ कहीं भी तो कल्पना को नहीं छूतीं। नहीं, यह सब नहीं। मेरे लिए तो बस एक ही चीज जीवन-मरण का प्रश्न बन गई थी कि कैसे एक झटके, एक धक्के में ऐसा कुछ कर डालूँ कि इन लोगों का यह खूनी अनुष्ठान रखा-का-रखा रह जाए। छूट भागने की एक उन्मत्त भीषण भगदड़

की कल्पना में ही मुझे आशा की एक किरण दीखती थी, कौन जाने पासा ही पलट जाए! इस 'आशा' का जो अन्त होना था वह भी मैं अच्छी तरह जानता था—भागते हुए किसी सड़क के मोड़ पर गिराकर ढेर कर दिया जाना या पीठ में गोली खाकर चल बसना। लेकिन सब कुछ मानते हुए यह 'ऐश' भी तो मेरे भाग्य में नहीं बदी थी। मैं तो ऐसी चूहेदानी में आ फँसा था कि कोई रास्ता ही नजर नहीं आता था। लेकिन लाख कोशिश के बावजूद इस अवश्यम्भावी को मैं गले नहीं उतार पाता था। इसका कारण था। विचार करने पर लगता कि जिस फैसले के आधार पर यह टिकी है, उसमें और फैसला सुना चुकने के बाद से शुरू होनेवाले अपरिवर्तनीय घटनाक्रम के बीच कोई अनुपात और सन्तुलन ही नहीं दिखाई देता। उदाहरण के लिए पहली बात तो यह कि फैसला पाँच के बजाय आठ बजे पढ़कर सुनाया गया, दूसरी बात यह कि फैसला यह न होकर कुछ और भी हो सकता था, तीसरी बात यह कि यह फैसला उन लोगों ने दिया था जो बाहरी कपड़े तो हमेशा एक ही पहने रहते हैं लेकिन भीतरी वेश बदलते रहते हैं, चौथी बात यह कि फैसला 'फ्रांसीसी जनता' जैसी निराकार और अस्पष्ट-सी चीज के नाम पर लादा गया था। यहीं अगर मैं यह पूछूँ कि यह काम चीनी या 'जर्मन जनता' के नाम पर क्यों नहीं किया गया तो? इस प्रकार ये सारी बातें थीं जिन्होंने मेरी समझ से अदालत के निर्णय की गम्भीरता को धो डाला था। बहरहाल, इतना जरूर है कि फैसला दिए जाने के क्षण से ही उसके परिणाम और प्रतिक्रियाएँ इतनी ठोस, स्पष्ट और उग्र रूप से मेरे सामने आईं कि मैं उन्हें पहचाने बिना न रहा और उन्हें साक्षात् इस रूप में देखने लगा जैसे इस दीवार को देखता हूँ जिससे पीठ टिकाए लेटा हूँ।

जब इस प्रकार के विचार दिमाग में आ रहे थे तो पिताजी की एक कहानी याद हो आई। मैंने तो उन्हें कभी आँखों से देखा नहीं, माँ ही सुनाया करती थी। वैसे भी जो कुछ माँ के मुँह से जाना है, उनके बारे में उतना ही जानता हूँ। उसी सुने हुए में से है कि एक बार वे किसी हत्यारे को फाँसी लगता देखने गए। बाद में तो उसके विचार-मात्र से उन्हें उल्टी हो जाती थी, लेकिन वहाँ उन्होंने शुरू से आखिर तक देखा था और आते ही बुरी तरह बीमार पड़ गए थे। उन दिनों पिताजी की यह बात मुझे बड़ी बेहूदी लगती थी। लेकिन अब समझ में आया कि वह बात कैसी स्वाभाविक थी। कैसे उस समय यह बात मेरे भेजे में नहीं घुसती थी कि सरे-आम फाँसी लगने से ज़्यादा महत्त्वपूर्ण बात दुनिया में और क्या होगी? और यह कि अगर एक दृष्टि से देखा जाए तो यही एक चीज है जिसमें आदमी को सच्ची दिलचस्पी हो सकती है। और तत्काल मैंने तय कर लिया कि अगर कभी जेल से छूटा तो जहाँ-जहाँ फाँसी लगेगी जरूर देखने जाऊँगा। लेकिन छूटने की इस सम्भावना पर सोचना ही सबसे बड़ी बेवकूफी थी। मैं कल्पना करने लगा मानो मैं स्वतन्त्र आदमी हूँ और पुलिस की दोहरी लाइन के पीछे यानी खतरे से बाहर सुरक्षित दिशा की ओर, खड़ा-खड़ा फाँसी के दृश्य को देख रहा हूँ...इस विचार-मात्र से मेरा मन बेतुके उल्लास और अह्लाद से उमड़ उठा कि मैं भी तमाशा देखने आए सैकड़ों दर्शकों में से एक हूँ और निडर भाव से घर जाकर उलटियाँ कर सकता हूँ। लेकिन यों कल्पना के घोड़ों की रासें ढीली छोड़ने से क्या हाथ लगता था, शुद्ध शेखचिल्लीपना था। सो कुछ देर बाद ही मुझे जाड़ा चढ़ आया। कसकर चारों तरफ कम्बल लपेट लिया। लेकिन दाँत इस तरह बजते रहे कि रुकने का नाम ही न लेते थे।

फिर भी यह जग-जाहिर बात है कि आदमी हमेशा अक्लमन्द नहीं बना रहता। जो-जो शेखचिल्लीपने की बातें मैं सोचा करता था, उनमें एक यह भी थी कि मैं नए-नए कानून बनाकर सारी सजाएँ बदल दूँगा। मेरे हिसाब से सबसे बड़ी ज़रूरत एक बात की थी और वह यह कि अपराधी को कम-से-कम एक अवसर तो जरूर ही दिया जाना चाहिए। वह अवसर चाहे कितना भी मरा-गिरा क्यों न हो, लेकिन हजारों में से एक अवसर तो बचने का उसे मिलना ही चाहिए। मान लीजिए, कोई दवा या दवाओं का मिश्रण है जो नौ सौ निन्यानवे बार 'मरीज' की (मैं अपराधी को मरीज मानकर ही चलता) जान ले सकता है—और इस बात को 'मरीज' भी अच्छी तरह जानता है कि दवा खाकर वह जीता नहीं बचेगा। अब इसमें भी कहीं-न-कहीं जरा-सी उम्मीद या बच निकलने के अवसर की सम्भावना तो है ही लेकिन इस 'गिलोटिनबाज़ी' के बारे मैंने बड़े निरुद्विग्न भाव से काफी सोच-विचार किया तो पाया कि इसमें तो मृत्यु-दंड पाए आदमी को कहीं रत्ती-भर भी कोई अवसर ही नजर नहीं आता। यही इसकी सबसे बड़ी खराबी है। यहाँ तो सभी कुछ पहले से तय रहता है और यह मानकर ही चला जाता है कि चाहे चाँद-सूरज टल जाएँ लेकिन मरीज की मौत नहीं टल सकती। मान लो, किसी बार संयोग से गँडासा काम न करे तो जल्लाद दुबारा चलाएँगे। इस प्रकार नतीजा यह निकला कि प्रकृति के चाहे जितना खिलाफ पड़ता हो, लेकिन मरनेवाले को यह मानकर ही चलना चाहिए कि मशीन ठीक-ठाक काम कर रही है और उसमें कहीं कोई गड़बड़ी नहीं है। मेरे खयाल से यह इस तरीके की खराबी है। यों देखने में मेरी बात खासी जोरदार भी है। लेकिन दूसरे पक्ष से देखें तो इससे इस तरीके की निर्दोष कुशलता ही प्रगट होती है। तो सब मिलाकर हम इसी नतीजे पर पहुँचे कि फाँसी

पाए आदमी को अपने मरने में मानसिक रूप से सहयोग देना ही चाहिए और उसका 'हित' इसी बात में है कि फाँसी की यह सारी क्रिया बिना किसी रोक-रुकावट के पूरी हो जाए।

दूसरी बात मुझे यह स्वीकार करनी पड़ी कि अभी तक इस बारे में मेरी जानकारी बड़ी गलत-सलत बातों से भरी थी। कारण नहीं जानता, लेकिन मैं तो हमेशा यही सोचा करता था कि पहले सीढ़ियों से मचान पर चढ़ जाते हैं, फिर वहाँ 'गिलोटिन' से गला काट दिया जाता है। 1789 की राज्य-क्रान्ति के बारे में स्कूल में जो कुछ जाना और जो चित्र देखे थे, शायद उसी आधार पर यह खयाल मन में जम गया था। फिर एक दिन सुबह-सुबह मुझे एक तसवीर का ध्यान हो आया। एक अखबार ने किसी प्रसिद्ध अपराधी के फाँसी लगने के अवसर पर सचित्र लेखमाला दी थी, उसी में यह तसवीर भी छपी थी। यहाँ तो गँडासे की मशीन जमीन पर ही खड़ी थी और जितनी चौड़ी मैंने सोच रची थी उससे काफी कम चौड़ी थी। मुझे तो मशीन में भी ऐसी कोई खास बात नहीं लगी थी। यह देखकर भी मुझ बड़ा अजब-अजब लगा कि अभी तक इस मशीन का मुझे खयाल क्यों नहीं आया। उस तसवीर में जिस चीज ने सबसे ज़्यादा मेरा ध्यान खींचा था वह थी गँडासे की मशीन की साफ-सुथरी शक्ल। उसका चमचमाना ओर बनावट की सफाई देखकर किमी वैज्ञानिक प्रयोगशाला के यन्त्र की याद आती थी। आदमी जिसके बारे में कुछ नहीं जानता उसे खूब बढ़ा-चढ़ाकर सोचता है। लेकिन इस समय मुझे मानना पड़ा कि गिलोटिन से गरदन काटना तो बड़ा ही आसान और सीधा है। जिस धरातल पर आदमी खड़ा होता है उसी पर मशीन होती है और वह मशीन की तरफ इस तरह कदम-कदम बढ़ता है मानो अपने किसी जान-पहचानवाले से मिलने जा रहा हो। लेकिन

एक तरह से यह भी गुनाह बेलज्जत ही है। मचान पर चढ़ना, अर्थात् दुनिया को नीचे छोड़कर ऊपर उठना—कल्पना को कुछ तो सहारा देता है। और यहाँ? यहाँ तो ले-देकर मशीन ही सब पर छाई रहती है। हल्की-सी शरम लेकिन बेहद कुशलता के साथ अपराधी को पकड़ा और निहायत होशियारी के साथ उसकी गरदन उड़ा दी।

उषाकाल का समय और मेरी अपील, ये दो बातें और थीं जिनका खयाल हमेशा दिमाग पर बना रहता था। यों कोशिश मैं भरसक करता था कि अपने मन को इन विचारों से हटाए रखूँ। चित्त लेट जाता और मन को खींच-खींचकर आकाश का अध्ययन करने में उलझाए रखता। रोशनी हरी पड़ने लगती तो जान लेता कि अब रात होगी। विचारों के प्रवाह को भुलाए रखने के लिए दूसरा काम मैं अपने दिल की धड़कन सुनने का करता। सोच ही नहीं पाता था कि इतने दिनों रात-दिन मेरी छाती से लगी रहनेवाली ये नन्ही-मुन्नी धड़कनें कभी एक दिन सहसा बन्द भी हो जाएँगी। कल्पना कभी मेरे स्वभाव का प्रमुख गुण नहीं रही, फिर भी मैं देख लेने की कोशिश करता कि एक दिन जब मेरे दिल की ये धड़कनें मस्तिष्क में ध्वनित-प्रति-ध्वनित होनी बन्द हो जाएँगी तब मुझे कैसा लग रहा होगा। लेकिन दिमाग काम ही नहीं करता था। वहाँ तो उषाकाल और अपनी अपील छाई रहती और तब यह मानकर मैं हथियार डाल देता कि विचार-प्रवाह को प्राकृतिक मार्गों से ज़बर्दस्ती हटाने की कोशिश करना सरासर बेवकूफी है।

इतना मुझे पता था कि बुलावा हमेशा सुबह तड़के ही आता है, इसलिए सारी रात सचमुच पौ फटने की राह में जागते ही बीतती। मुझे यह कतई अच्छा नहीं लगता कि अचानक कोई बात हो और मैं ठगा-सा रह जाऊँ। चाहता हूँ, मेरे साथ कुछ भी क्यों न गुज़रे, मैं हमेशा कमर

कसकर तैयार रहूँ। इसीलिए दिन में जब-तब झपकी लेने और रात-रात भर जागकर काले आसमानी गुम्बद में पौ फटने के पहले आसार खोजने की आदत डाल ली थी। सबसे अधिक कष्टप्रद समय मेरे लिए रात का वह धुँधला, अनिश्चित पहर होता था, जब कहा जाता है, बुलाने के लिए आते हैं। एक बार तो मैं आधी रात में ही कान बड़े करके आहट लेता रहा। मेरे कानों ने इतनी तरह की आवाजें, इतनी हल्की-हल्की आहटें शायद इससे पहले कभी नहीं सुनीं, जितनी अब सुनाई देने लगी थीं। लेकिन इतना कहूँगा कि इस मामले में गनीमत यही रही कि इस बीच मैंने कभी किसी के कदमों की आहट नहीं सुनी। माँ कहा करती थीं कि आदमी कैसी भी बड़ी-से-बड़ी मुसीबत में क्यों न हो, उसका मन सहारे के लिए सुख की कोई-न-कोई किरण जरूर खोज निकालता है। रोज़ सुबह तड़के ही जब आकाश रोशनी से जगमगाने लगता और मेरे कमरे में प्रकाश का ज्वार उमड़ पड़ता, उस क्षण मुझे उनकी बात सही लगने लगती, क्योंकि उस समय किसी के भी कदमों की आहट सुनाई पड़ सकती थी और हर पल मुझे लगता कि अब मेरा दिल टुकड़े-टुकड़े हुआ। पत्ता भी खड़कता तो मैं दौड़कर दरवाज़े के ठंडे-ठंडे खुरदरे काठ से कान लगाकर सुनने लगता कि कोई आ रहा है क्या? और इस आहट को ऐसे ध्यान से सुनता कि कुत्ते-जैसी जल्दी-जल्दी हाँफती, खुर्र-खुर्र करती अपनी ही साँस सुनाई देने लगती। लेकिन जैसे-तैसे आखिर यह समय भी बीतता, मेरी छाती फटने-फटने को होकर भी रह जाती और मुझे साँस लेने के लिए फिर चौबीस घंटे का मध्यान्तर मिल जाता।

अब शेष सारे दिन दिमाग में अपील की बात चला करती। जो कुछ हाथ में था उसको देखते हुए उसी के भीतर से ज़्यादा-से-ज़्यादा आशा-दिलासा सूँत लेने की दृष्टि से मैंने एक तरकीब और सोच निकाली। मैं

पहले बुरे-से-बुरे परिणाम को सोच लेता फिर आगे बढ़ता, जैसे—मान लो मेरी अपील खारिज हो गई है, यानी अब तो मरने के सिवा कोई चारा ही नहीं, अर्थात् औरों से पहले बिस्तर समेटना होगा। यहीं मैं मन-ही-मन अपने को चेतावनी देता, 'मगर इसे तो बच्चा-बच्चा जानता है कि जिन्दगी जीने के काबिल है ही नहीं।' और तब मैं जरा ऊपर उठकर देखता तो लगता कि आदमी तीस की उम्र पर मरे या सत्तर वर्ष की उस पार करके—इससे क्या फर्क पड़ता है? दूसरे स्त्री-पुरुष तो बने ही रहेंगे। दुनिया जैसे चलती है, चलती चली जाएगी। दूसरे, मँरू आज या आज से चार साल बाद—मरना तो एक दिन है ही। लेकिन जाने क्यों इस प्रकार के चिन्तन से जैसी शान्ति मिलनी चाहिए थी, उतनी नहीं मिलती थी। जिन्दगी के जितने वर्ष जी और भोगकर काटे हैं उनका खयाल ही दिल में हूक पैदा कर देता था। खैर, इस पर तो मैं मन को तर्क-वितर्क करके समझा लेता-सोचता, मान लो, एक दिन मेरी उम्र पूरी हो गई और मौत ने मुझे चारों ओर से घेर लिया तब क्या होगा? अच्छा, जब यही तय है कि मौत से कोई छुटकारा नहीं है तो फिर मृत्यु का रूप चाहे कोई भी हो—परिणाम तो वही है, अस्तु मुझे अपनी अपील खारिज होने को हर तरह से तैयार रहना चाहिए। लेकिन इसे अस्तु तक आने की तर्क-प्रणाली को बीच ही में बिखरने न देना कोई आसान काम नहीं था।

इस प्रकार जब इन सारी स्थितियों के लिए मन को तैयार करता हुआ मैं इस जगह आ पहुँचता तब कहीं जाकर अपना यह 'अधिकार' मानता, यानी मन को इतनी छूट देता कि अब दूसरी बात पर विचार कर डाला जाए कि अच्छा मान लो मेरी अपील मान ली गई। उस समय तन-मन में जो आनन्द और उल्लास का फव्वारा फट पड़ेगा, आँखों से आँसू बहने लगेंगे—उस सबको सँभाल पाना भी तो एक मुसीबत

मैंने बता दिया कि मैं ईश्वर को नहीं मानता।

"सचमुच, तुम्हें पक्का विश्वास है?"

मैं बोला, "इस पर सिर खपाने में मुझे कोई सार नजर नहीं आता। इसलिए ईश्वर को मानूँ या न मानूँ, यह सवाल मेरे लिए बेकार है।"

इसके बाद दोनों हाथ जाँघों पर ही रखे हुए उसने पीछे दीवार का सहारा ले लिया। फिर इस तरह बोला मानो मुझसे न कहकर किसी और से कह रहा हो, एक बात उसने अकसर ही देखी है। असलियत में जब आदमी का किसी बात पर विश्वास नहीं भी होता तब भी उसे ऐसा लगता है जैसे उस बात पर उसका पक्का विश्वास है; उसकी इस बात पर मैं जब कुछ नहीं बोला तो उसने फिर मेरी ओर देखकर पूछा, "तुम ऐसा नहीं मानते?"

मैंने कहा कि हो सकता है, ऐसा होता हो, लेकिन मैं तो अपनी बात जानता हूँ। हो सकता है, मैं इस बात को न जानता होऊँ कि मेरी दिलचस्पी किस चीज में है, लेकिन यह मैं जरूर जानता हूँ कि किस चीज में मेरी कतई दिलचस्पी नहीं है।

उसने निगाहें दूसरी ओर फेर लीं, लेकिन बिना आसन बदले पूछा कि क्या मेरे ऐसा कहने के पीछे बेहद निराशा और हताश महसूस करने की भावना ही नहीं है? मैंने उसे समझाया कि हताश और निराश तो मैं कतई महसूस नहीं करता, हाँ डर जरूर लगता है, सो यह बहुत स्वाभाविक है।

"तब तो उस हालत में," दृढ़ स्वर में उसने कहा, "केवल ईश्वर ही तुम्हें बल दे सकता है। तुम्हारी अवस्थावाले जितने लोग मैंने देखे हैं, वे सब दुख के समय ईश्वर की ही शरण में आए।"

मैंने जवाब दिया, "उन्हें मनचाहा करने की छूट है। बहरहाल, मुझे किसी से बल-वल नहीं लेना। और जिस चीज में मेरी दिलचस्पी ही नहीं है, उसमें दिलचस्पी पैदा करने की मुझे फुरसत नहीं।"

झल्लाकर उसने दोनों हाथ झटके और सीधा बैठकर अपने लबादे की सलवटें ठीक करने लगा। जब ठीक कर चुका तो मुझे 'दोस्त-दोस्त' कहकर फिर बोलना शुरू कर दिया। बताने लगा कि कहीं मैं यह न समझने लगूँ कि मुझे मृत्यु-दंड मिला है इसलिए वह इस तरह की बातें कर रहा है। नहीं, बल्कि उसका तो यह विश्वास है कि धरती पर रहनेवाले हर व्यक्ति को मृत्यु-दंड मिला हुआ है।

यहाँ मैंने उसे टोक दिया, एक तो मेरी और 'हर व्यक्ति' की बात एक ही नहीं है; दूसरे, हर व्यक्ति को अगर मृत्यु-दंड मिला है तो उससे मुझे क्या सन्तोष?

उसने सिर हिलाकर मेरी बात मानी और कहा, "अच्छा, हो सकता है, तुम्हें इससे कोई सन्तोष न हो, लेकिन मान लो तुम आज न मरे तो किसी-न-किसी दिन तो मरोगे ही। यह सवाल तब भी उठेगा। उस समय तुम उस भीषण क्षण का सामना कैसे करोगे?"

मैं बोला कि जैसे इस समय कर रहा हूँ, ठीक वैसे ही उस समय भी करूँगा।

इस पर वह उठकर खड़ा हो गया और मेरी आँखों में आँखें डालकर देखने लगा। इस चालाकी को मैं अच्छी तरह जानता हूँ। मैं खुद सेलेस्ते और इमानुएल पर इसका प्रयोग करके इसका मजा लिया करता था। दस में से नौ बार वे लोग अकुलाकर निगाहें घुमा लेते थे। मैं भाँप गया कि पादरी इस खोज में माहिर है, उसकी निगाह में कहीं चूक नहीं है। उसने दृढ़ और निष्कम्प स्वर में पूछा, "तुम्हें कहीं आशा

की किरण नहीं दीखती? सचमुच तुम्हारा यही विचार है कि मरने के बाद आदमी एकदम मर जाता है—बाद में कुछ नहीं रहता?"

मैं बोला, "हाँ।"

उसने आँखें झुका लीं और फिर से बैठ गया। कहने लगा, "सचमुच, मुझे तुम पर बड़ा तरम आता है। जैसे तुम सोचते हो, उस तरह सोचकर तो आदमी का जीना मुहाल है।"

अब मैं पादरी की बातों से उकताने लगा। छोटे-से झरोखे के नीचे कन्धा टिकाए मैं दूसरी तरफ देखता रहा। सुना ही नहीं कि वह क्या-क्या कहे जा रहा है। तभी लगा कि वह मुझसे फिर कुछ पूछ रहा है। इस बार उसका स्वर बड़ा उद्विग्न और आकुल था। लगा, वह सचमुच दुखी हो आया है। मैं और ज़्यादा ध्यानपूर्वक उसकी बातें सुनने लगा।

वह कह रहा था कि उसे पक्का विश्वास है कि मेरी अपील मान ली जाएगी, लेकिन अपराध का जो बोझ मेरी छाती पर लाद दिया गया है उससे तो मुक्त होना ही होगा। उसके विचार से आदमी का न्याय कोई न्याय नहीं है, असल न्याय तो ईश्वर ही करता है। उसी का महत्त्व है। मैंने बताया कि मृत्यु-दंड तो मुझे आदमी ने ही दिया है। "हाँ, मैंने माना, तुम ठीक कहते हो।" "लेकिन क्या इसी से तुम्हारे पाप का निराकरण हो जाएगा?" तब मैंने बताया कि मुझे तो किसी पाप का पता नहीं है, हाँ मैं तो इतना जानता हूँ कि मुझे फौजदारी के मामले में मुजरिम करार दिया गया है। सो सजा भी उस अपराध की भुगत रहा हूँ। बस, इससे ज़्यादा उम्मीद करने का किसी को कोई हक नहीं है।

तब वह एकदम उठ खड़ा हुआ। अब मैंने देखा कि इस कुठरिया में हिलने-डुलने लायक इतनी ही जगह थी कि आदमी बस या तो बैठ जाए या खड़ा रहे। वह मेरी ओर जरा-सा बढ़ा और इस तरह रुक गया

जैसे पास आने की हिम्मत न कर पा रहा हो। मैं नीचे फर्श पर निगाहें टिकाए था। वह छड़ों के पार आसमान की ओर देखने लगा।

फिर बड़े ही गम्भीर स्वर में बोला, "नहीं बेटा, यह तुम्हारी भूल है। तुमसे एक उम्मीद और भी की जा सकती है। और शायद, जरूर ही की जाए।"

"क्या मतलब?"

"तुमसे किसी के दर्शन करने की उम्मीद की जा सकती है...।"

"किसके दर्शन करने की उम्मीद?"

इस पर पादरी ने धीरे-धीरे मेरी कोठरी में चारों ओर निगाहें घुमाईं। इस बार जब वह बोला तो उसके स्वर में ध्वनित व्यथा से मैं चौंक उठा। वह कह रहा था—

"ये पत्थरों की दीवारें...मैं इनके कण-कण से परिचित हूँ। ये पत्थरों की दीवारें...आदमी की यातना और वेदना से चिनी गई हैं। जब-जब इन्हें देखता हूँ, मेरा तन-मन अपने-आप सिहरकर रोमांचित हो आता है, झनझना उठता है। लेकिन विश्वास करना, मैं तुमसे अपनी अन्तरात्मा की बात कह रहा हूँ। यह भी मुझसे नहीं छिपा कि इन्हीं दीवारों की मटमैली सतह पर तुम-जैसे अनेक दुखियारे और पातकी प्राणियों ने ही अकसर उस अलौकिक मुख-मंडल को उभरते और रूप ग्रहण करते हुए देखा है। मैं उसी मुख-मंडल की बात कह रहा हूँ...तुम उसी के दर्शन करोगे...।"

पहले तो उसकी इस बात से मेरा आसन डोल उठा। पर फिर मैंने उसे बताया कि मैं महीनों से इन दीवारों को घूर रहा हूँ और जैसी अच्छी तरह इन दीवारों से परिचित हो गया हूँ, उतना शायद दुनिया में किसी से, किसी भी चीज से परिचित नहीं हूँ। हाँ, एक चेहरे को शायद कभी जरूर इन दीवारों पर खोजने की कोशिश किया करता था, लेकिन

वह चेहरा तो कामनाओं से उद्‌भासित धूप-सा सुनहला मेरी का चेहरा था। किस्मत में नहीं था सो नहीं देख पाया। अब कोशिश भी छोड़ दी। वाकई, इन दीवारों पर मैंने कभी किसी चीज को 'उभरते' या बकौल उसके, 'रूप ग्रहण करते' नहीं देखा।

पादरी बड़े कातर भाव से मुझे एकटक देखता रहा। मेरी पीठ दीवार से टिकी थी और रोशनी माथे पर पड़ रही थी। वह मुँह-ही-मुँह में जाने क्या-क्या बड़बड़ा रहा था। फिर अचानक उसने पूछ लिया, "तुम्हें चूम लूँ न?" मैंने जवाब दिया, "जी नहीं..." सुनकर वह घूमा और दीवार के पास आ गया। फिर दीवार पर धीरे-धीरे हाथ फेरते हुए पूछने लगा, "सचमुच, इन भौतिक पदार्थों से तुम्हें इतना ज़्यादा मोह है?"

मैंने कोई जवाब नहीं दिया।

वह काफी देर मेरी निगाहें बचाता रहा। उसका यहाँ होना अब मुझे बहुत कष्टकर और असह्य होता जा रहा था और मैं उससे कहने जा ही रहा था कि 'आप अब तशरीफ ले जाइए। मुझे बख्शिए,' कि सहसा एक झटका लेकर मेरी ओर घूम पड़ा और तीव्र आवेश के विस्फोट के साथ बोला, "नहीं...नहीं...मुझे विश्वास नहीं आता। मैं खूब जानता हूँ कि प्राय: तुम्हारे मन में पुनर्जन्म की कामना हुई है।"

"जरूर कामना हुई है।" मैंने कहा, "कभी-कभी हर आदमी के मन में ऐसी कामना जागती है। लेकिन इससे कुछ सिद्ध नहीं होता। जैसे आदमी धनवान होने की कामना करता है, सपाटे से तैरने की कामना करता है या और भी सुडौल चेहरे की कामना करता है—ठीक उसी तरह की कामना यह भी है। मैं इसी धारा में कुछ और बोलूँ कि उसने बीच में ही सवाल किया कि मरने के बाद मैं किस तरह के जीवन की कामना करता हूँ?

मैं एक तरह दहाड़कर ही बोला, "ऐसे जीवन की, जहाँ इस धरती के जीवन की याद बनी रहे। बस, मुझे और कुछ नहीं चाहिए।" और इस बात के साथ-साथ एक ही साँस में मैंने यह भी कह डाला, "बस, अब आपके सत्संग से मेरा पेट भर गया।"

लेकिन लगा कि उसे तो 'ईश्वर' के विषय को लेकर कुछ और भी प्रवचन करना था। मैं एकदम उसके पास जा पहुँचा और आखिरी बार समझाने की कोशिश करने लगा कि मेरे पास अब समय नहीं रह गया है और जो थोड़ा-बहुत समय है भी, उसे मैं ईश्वर-वीश्वर पर बरबाद नहीं करना चाहता।

अब उसने बात बदलने की कोशिश की। पूछा कि यह देखकर भी कि वह पादरी है मैंने उसे 'फादर' कहकर सम्बोधित क्यों नहीं किया? इस पर तो मैं और भी झल्ला उठा। कहा, "तुम मेरे 'फादर' कहाँ से हो गए? उलटे तुम तो दुश्मनों के साथ मिले हुए हो।"

वह मेरे कन्धे पर हाथ रखकर बोला, "नहीं-नहीं बेटा, मैं तो तुम्हारी ही ओर हूँ। तुम समझो ही नहीं तो मैं क्या करूँ? तुम्हारा दिल पथरा गया है। खैर, मैं तुम्हारी आत्मा की शान्ति के लिए प्राथना करूँगा।"

और उसका इतना कहना था कि एकाएक ही जाने क्या हुआ कि मुझे लगा, मेरे भीतर भयानक विस्फोट हो उठा है। मैंने चिल्ला-चिल्लाकर बकना शुरू कर दिया। उस पर अन्धाधुन्ध गालियों की बौछार कर दी और कह दिया कि उसे मेरे लिए कोई प्रार्थना-व्रार्थना करने की कतई ज़रूरत नहीं है। "जितनी जल्दी बन पड़े यहाँ से दफा हो जाओ।" लपककर मैंने उसके लबादे का गिरेबान पकड़ा और जाने कैसे उन्मत्त आह्लाद और अन्धे क्रोध के अतिरेक में मन में घुमड़ती कही-अनकही सारी बातें उसे कह डालीं, कि उसे अगर ऐसा ही अटल अडिग विश्वास

है तो अपने घर रखे रहे, उसकी मारी मान्यताओं का मूल्य मेरे लिए कानी कौड़ी से अधिक नहीं है। कहने को यह भले ही अपने को जिन्दा समझता रहे, लेकिन असल में मरे से भी गया-बीता है। उसे खुद अपने जीने पर विश्वास नहीं है। ऊपर से देखने में मेरे साथ कुछ भी न लगा हो, यह और बात है। लेकिन मैं अपने बारे में अच्छी तरह जानता हूँ कि मैं जिन्दा हूँ। उससे कम-से-कम अधिक विश्वासपूर्वक जानता हूँ, अपनी वर्तमान जिन्दगी और आनेवाली मौत का पता मुझे उससे लाख गुना ज़्यादा अच्छी तरह है। वह क्या जाने? बेशक, मेरी पूँजी इतनी-सी ही है, मगर मेरे निकट यह सचाई कम-से-कम इतनी स्पष्ट और ठोस तो है कि मैं इसे छू सकता हूँ, देख सकता हूँ और इसमें उसी तरह दाँत गड़ा सकता हूँ, जैसे यह सचाई मेरी चेतना में दाँत गड़ाए है। मैंने कभी गलती नहीं की, आज भी सही हूँ और हमेशा सही रहूँगा। मैंने एक खास ढर्रे की जिन्दगी बिताई है, चाहता तो दूसरी तरह भी बिता सकता था। मेरा हाथ पकड़ा किसने था? जहाँ जो ठीक समझा वही किया है, उसके अलावा कुछ नहीं किया, यानी अब इसका मतलब भी साफ करूँ? मतलब यह हुआ कि इस सारे समय मैं एक-एक दिन आज के इस क्षण की राह देखता रहा हूँ। वह कल हो या और किसी दिन, लेकिन मैंने हर तड़के उस क्षण की राह देखी है जो मेरी सारी जिन्दगी की सार्थकता, मेरे जीवन के रवैये की सचाई सिद्ध कर देगा। किसी और चीज का, किसी और बात का मेरे निकट कभी तिनका-भर मूल्य नहीं रहा, और क्यों नहीं रहा, इसे मैं अच्छी तरह जानता हूँ। पादरी खुद भी अच्छी तरह जानता है। भविष्य के अँधियारे क्षितिज से एक अजीब मन्द-मन्द हठीला पवन निरन्तर, बिना रुके मेरी दिशा में बहता रहा है-बहता रहा है, आनेवाले वर्षों के झुरमुटों से छन-छनकर मेरे

सारे जीवन के विस्तार पर। जाने कितने-कितने खोटे आदर्शों के सिक्के लोगों ने मुझे पकड़ाए, मैंने खुद भी तो उन दिनों वैसी ही नकली और झूठी जिन्दगी बिताई है, लेकिन सामने की ओर से आनेवाले पवन के इस प्रवाह ने झूठे आदर्शों और नकली जिन्दगी का सारा कूड़ा-कचरा साफ कर डाला है। दूसरों की मौत, माँ का प्यार या पादरी के ईश्वर की कृपा की मेरे लिए क्या गिनती? कोई कैसी भी जिन्दगी चुने, मुझे क्या? एक सिर्फ, एक-जैसा बँधा-बँधाया प्रारब्ध है जो अकेले मुझे ही नहीं, पादरी की तरह मेरे भाई बननेवाले लाखों-लाख 'किस्मतवर लोगों को 'छाँट' लेता है और इस प्रकार वे 'छँटने' को मजबूर होते हैं। लेकिन विडम्बना देखो, हम समझते हैं अपने प्रारब्ध का चुनाव हम खुद कर रहे हैं, जिन्दगी जीने का निश्चय हम कर रहे हैं ये सारी बातें मेरे लिए बकवास हैं। हाँ-हाँ, वह खुद ही देख ले न! हर जीता-जागता आदमी इसी अर्थ में तो किस्मतवर है। धरती पर केवल एक वर्ग के लोग रहते हैं, 'किस्मतवर' वर्ग के लोग...और एक दिन सबको एक सिरे से पकड़कर फाँसी पर लटका दिया जाएगा...घबराने की बात नहीं है, एक दिन उसका भी नम्बर आएगा। अच्छा, जब सभी का यही हश्र होना है तो इसमें उसे क्या कि उस पर मुकदमा हत्या का और फाँसी इसलिए हो जाए कि यह माँ की अन्त्येष्टि पर रोया क्यों नहीं? सलामानो की बीवी, और सलामानो के कुत्ते का भी यही होगा। इस दृष्टि से देखो तो वह 'चाभी-भरी कठपुतली' औरत भी उतनी ही 'अपराधी' है जितनी मैसन की पैरिसवाली पत्नी, जितनी मुझे पति-रूप में चाहनेवाली मेरी 'अपराधी' है।...सेलेस्ते रेमंड से लाख गुना अच्छा आदमी है तो रहा आए, मेरे लिए तो दोनों ही जिगरी दोस्त हैं। मेरी अगर इस समय किसी नए लड़के के गले में बाँहें डाले उसे चूम रही हो तो भी मुझे क्या?

बकौल उस पादरी के, उसे खुद भी तो मृत्यु-दंड मिला हुआ है। लेकिन उसकी समझ में क्यों नहीं आता कि मेरे अनागत की घाटी से आनेवाली यह अन्धी आँधी क्या है, कैसी है?...

मैं इतने जोर-जोर से चिल्ला रहा था कि मेरी साँस उखड़ गई थी। तभी वार्डर लोग दौड़ आए और पादरी को मेरे चंगुल से छुड़ाने की कोशिश करने लगे। एक ने मुझे मारने को हाथ उठाया ही था कि पादरी ने सबको शान्त कर दिया और खुद बिना कुछ बोले एकटक मुझे देखता रहा। देखा, उसकी आँखों में आँसू भर आए हैं। तब फिर वह पलटकर कोठरी में बाहर निकल गया।

वह चला गया तो मेरा मन फिर से शान्त हो गया। मगर इस सारी उत्तेजना ने मुझे इतना थका डाला था कि मैं धम्म से अपने सोनेवाले तख्त पर आ गिरा। शायद काफी देर पड़ा-पड़ा सोता रहा। सोया भी काफी देर ही, क्योंकि जब उठा तो ठीक सामने तारे चमक रहे थे। खेत-खलिहानों से आता धीमा-धीमा स्वर, रात की ठंडी-ठंडी, खारी और सोंधी हवा मेरी कनपटियाँ सहला रही थी। गर्मी की उनींदी रात की स्तब्ध शान्ति सागर के ज्वार की तरह मेरे रोम-रोम में तैरती चली गई। अभी ठीक से पौ भी नहीं फटी थी कि बाहर से जहाज का भोंपू सुनाई दिया। लोग-बाग उस दुनिया की यात्रा पर निकल पड़े थे जिससे अब मेरा कभी कोई सरोकार नहीं रहनेवाला था। जाने कितने महीने बाद आज मुझे शायद पहली बार माँ का ध्यान आने लगा। लगा, जैसे मैं आज समझा हूँ, क्यों उन्होंने जीवन की अन्तिम बेला में नया 'साथी' चुना, क्यों फिर से जिन्दगी का नया राग छेड़ा...वह भी उस आश्रम में जहाँ जिन्दगियों की लौ बुझने को होती है।...जहाँ गोधूलि की उदासी, अवसाद-भरी शान्ति बनकर आती है। मृत्यु के इतने पास आकर माँ ने भी ठीक उसी तरह सोचा होगा,

जैसे मुक्ति के खुले द्वार पर खड़ा व्यक्ति जिन्दगी को नए सिरे से शुरू करने की बात सोचता है। नहीं, उनके लिए रोने का किसी को कोई अधिकार नहीं है। और उस क्षण मुझे भी लगा कि क्यों न मैं भी अपनी जिन्दगी को नए सिरे से शुरू कर डालूँ? लगा, क्रोध और आवेश के उस अंधड़ ने मेरे मन के सारे कलुष-कल्मष को धोकर स्वच्छ, निर्मल कर दिया है, सारी कामनाओं और आशाओं को मेरे मन से झाड़ फेंका है। उस समय, ग्रह-नक्षत्रों से जगमगाते अँधियारे आसमान को अपलक देखते हुए पहली बार हाँ, पहली बार मन में संसार के प्रति सच्चा वैराग्य जागा। उस वैराग्य को आत्मसात् करके, उसे अपनी आत्मा का अंश अनुभव करते हुए लगा, जैसे मुझे कभी कोई दुख नहीं रहा और आज, इस समय भी मैं परम प्रसन्न हूँ।

अब इस नई यात्रा पर बहुत अकेला-अकेला महसूस न हो, इतनी दृढ़ता प्राप्त कर लेने के लिए बस, मेरी यही कामना थी कि जिस समय मुझे फाँसी लगे उस दिन दर्शकों की अपार भीड़ मेरे चारों ओर इकट्ठी हो और जोर-शोर के हल्ले-गुल्ले के साथ वे मेरी विदाई मना रहे हों...